生命总该绚烂一次

周海亮◎著

时代文艺出版社

图书在版编目（CIP）数据

生命总该绚烂一次 / 周海亮著．—长春：时代文艺出版社，2018.11

ISBN 978 -7-5387-5920-4

Ⅰ.①生… Ⅱ.①周… Ⅲ.①散文集－中国－当代②小小说－小说集－中国－当代 Ⅳ.①I217.2

中国版本图书馆CIP数据核字（2018）第129087号

出 品 人	陈　琛
产品总监	郭力家
选题策划	凌　翔
	方　伟
责任编辑	田　野
助理编辑	胡　军
装帧设计	孙　利
排版制作	隋淑凤

生命总该绚烂一次

周海亮 著

出版发行 / 时代文艺出版社

地址 / 长春市泰来街1825号　时代文艺出版社　邮编 / 130011
总编办 / 0431-86012927　发行部 / 0431-86012957　北京开发部 / 010-63108163
官方微博 / weibo.com / tlapress　天猫旗舰店 / sdwycbsgf.tmall.com
印刷 / 三河市万龙印装有限公司
开本 / 640mm×910mm　1 / 16　字数 / 330千字　印张 / 18.5
版次 / 2018年11月第1版　印次 / 2018年11月第1次印刷　定价 / 37.00元

图书如有印装错误　请寄回印厂调换

目　　录

辑三　如果你足够优秀

辑四　一条巷的记忆

辑五　请收回你的目光

辑一／一路阳光

一路阳光

那排双人座上坐了一位老人和一位年轻人。老人的脸上皱纹拥挤，年轻人的脸上长满粉刺。他们是一起上车的，年轻人小心地搀扶着老人，微笑着，让她坐了靠窗的座位。车子马上就要启动，老人打开窗子，把头伸到窗外张望。乘务员对年轻人说，让你妈把车窗关上吧，要开车了，那样危险。年轻人于是轻轻推推老人。老人不好意思地笑了，关上了窗子。她靠着椅背，很快打起了盹儿。

车子驶出车站，在土路上颠簸。车厢里很快挤满了人，车子被挤得几乎变了形状。有人提着鼓囊囊的旅行袋，有人扛着脏兮兮的蛇皮口袋，有人抱着色彩鲜艳的纸壳箱，甚至有人在手里拿了钓鱼竿和新买的拖把。车厢里也许是世界上最复杂最拥挤的空间。何况，要过节了，似乎所有人都着急赶回家。

年轻人承受着拥挤，端坐不动。他的姿势有些别扭，细看，才知是因为老人。老人睡得安静和香甜，脑袋歪上年轻人的肩膀。车不停地晃，年轻人用一只胳膊支撑着座椅，努力保持上半身的静止。看得出来，他所做的努力，只为身旁的老人能够睡得更舒服一些。后来他干脆将一只胳膊护在老人面前，以防有乘客不小心撞上老人，或者他们手里的钓鱼竿和拖把突然碰上老人的身体。年轻人做得小心翼翼，他像保护一个孩子般保护着老人。

乘务员挤过来，年轻人掏出钱，买了两张车票。乘务员看了他的样子，说，您可真是孝顺。年轻人笑一下，不说话。他费力地将找回的零钱揣进口袋，上半身仍然静止不动。老人灰白色的头发被风吹乱，粘上他淌着汗水的脸。于是他冲前面的乘客轻轻地说，劳驾关一下窗子。他指指身边的老人说，她睡着了，别受凉。

车子一直往前开，车厢里的人越来越少。有那么几次，年轻人似乎想推醒身边的老人，他把手一次次抬起，又一次次放下。终于，年轻人在一个小站推醒了的老人。他对她说，我们到了。该下车了。

他扶着似乎仍然停留在睡梦中的老人，慢慢下了车。车子继续前行，将他们扔在小站。

老人看着离去的公共汽车，忽然想起了什么。她说我好像还没买票吧？年轻人笑着说，车已经开走了，您现在不用买票了。老人说这怎么好？刚才，我一直在睡觉吧？年轻人微笑着点头，他说是，您一直在睡觉。老人说我记得上车时，你说你在东庄站下车，你坐过了两站吧？年轻人说是这样。不过没关系，我再坐回程的车回去就行。或者我还可以走回去，反正也不远。老人说你怎么会坐过站呢？你也在睡觉？年轻人继续着他的微笑。他点点头说是的。刚才我也在睡觉。好在您没有坐过站。

老人向年轻人道别，踅上一条小路。年轻人大声说需要帮忙吗？老人说不用了，五分钟后我就能赶回家。年轻人问您是要回老家过节吗？老人说是啊。闺女在城里，儿子还在乡下老家呢。老人站在阳光下，一边说一边笑。她没有办法不笑。五分钟后，她就能够见到日夜思念的儿子。

年轻人一个人站在站牌下，等待回程的公共汽车。阳光照着他生机勃勃的脸，透进他的内心。他感到温暖并且幸福。

爱 的 颜 色

想必，爱也是有颜色的吧？玫瑰红的，温暖并且浪漫；柠檬黄的，清澈并且明净；宝石蓝的，内敛并且深沉；那么，红色的呢？我是指，那种火一样的红。

男人喜欢穿红颜色的衣服，淡红的、赭红的、砖红的、橘红的、朱红的、紫红的……像开着一朵火焰，喜庆并且热烈；然而女人却是一袭素衣，或白或蓝或灰，标准的大都市调子。两个人站在一起，或并排走，或一前一后，看起来便很是协调。或许夫妻相不单指两个人相似的长相吧？还有站在一起的视觉效果。

秋天时他们一起去西藏旅游。没打算登山，只想住在山脚看一看风土人情，然后就回家。可是那天女人突然来了兴致，她说要不我们跟哪个登山队走上一程？男人说登山可不是闹着玩的。女人说我们又不登顶……只跟着走一段，就下来。男人拗不过女人，他说，好吧。

就开始准备。能准备什么的呢？他们连一根绳子都没有。

第二天一早，他们真跟在一个登山队后面朝一座雪山进军。攀到约一千五百米高度，男人不再往前。他说下吧，再往上可能就危险了。女人点头同意，两个人开始返回。当然意犹未尽，不到两千米高度，感觉像在家里蹬跑步机。女人说在她的老家，这样的山到处都是。说话时女人看着男人，白雪皑皑里，男人就像一只火红的狐狸。

往山下走，脚步轻松很多，可是等下到山脚，才发现迷路了。好像他们是从另一条路下山的，明明记得山下有一所房子，现在却变成了草野。

偏偏天空突然布满乌云，世界转眼间被狂舞的雪花填满。草野变成雪地，两个人的周围，只剩下望不到尽头的白。

男人耸耸肩膀，对女人说，也许我们可以堆一个雪人。

问题并非太严重——他们是在山下而不是山上——可是仍然不敢懈怠。在空无一人的冰天雪地里迷路，两个人都知道，这样的事情，容不得半点儿马虎。

互相鼓励着对方，一步一步往前。走了约两个小时，女人突然滑了一跤，再站起来，就走不了路了。她的脚被重重地崴了一下，女人皱着眉头，表情很是痛苦。男人早已体力不支，这样的天气里背着女人，对瘦小孱弱的他来说，根本没有可能。

他们决定改变一下策略。男人说你在这里等我，我一个人先走，等找到能够帮助我们的人，就回来接你。女人点点头说，好像只能这样了。男人脱下他的羽绒服，说，穿上。女人说你疯了？你会冻成冰棍的！男人说把你的羽绒服脱给我——我们换一下穿——穿着对方的衣服，身上或许更有力气。女人就笑了。她想怎么这种时候，男人竟还有心思开玩笑？

女人穿了男人的羽绒服，男人穿了女人的羽绒服，两个人轻轻拥抱，然后男人冲女人做一个鬼脸，就转了身。他刚刚走出几步，两个人就同时听到远处有人朝这边喊叫——那里晃动着几个很小的身影，另一支登山队正在返程……

甚至有些失望。故事缺了最惊险的情节，没有大难不死或者劫后逢生的激动……

女人喝着一杯热茶，问一名登山队员，隔了这么远，你们怎么能够发现我们？对方回答说，因为你的衣服啊！那么红，一片白里很是扎眼。难道你不知道吗？登山时最好穿上颜色鲜艳的衣服，比如大红，这样万一遇上险情，容易被救援人员发现……

女人扭过头，盯住她的男人。男人冲她笑笑，继续喝茶。甚至有些尴尬，只因他的心思，终被女人觉察。

女人想这样的男人，注定可以依靠一辈子了。也许这就是红色的爱情吧？喜庆并且热烈。平日里火炉般小心燃着，散给她恰到好处的温暖；而在危急时分，就变成了不顾一切的熊熊烈焰。

一　年　鱼

那是个很小的装饰品店，门口挂两个火红的中国结，很喜庆。那几天正拾掇书房，总感觉电脑桌上光秃秃的。心想进去看看吧，说不定，能给我的桌面上增加一件物美价廉的小摆设。

一眼，就看到了那个瓶子。

瓶子芒果般大小，晶莹剔透的玻璃，夹一丝丝金黄。也是芒果的造型，艳丽、逼真。之所以说它是瓶子，是因为那里面装了水，并且那水里，正游着一条两厘米多长的粉红色的小鱼。

瓶子里装了水，水里面游着鱼，这没什么稀奇。稀奇的是，这个瓶子是全封闭的。它没有瓶口，没有盖子，没有一丝一毫的缝隙。它是一个完全封闭的玻璃芒果。

可是那些水，那条鱼，它们是怎么钻到这个完全封闭的玻璃世界中去的呢？

　　厂家在生产这个瓶子的时候，就把鱼装进去了。店主告诉我，这需要很尖端的技术。

　　你想啊，滚烫的玻璃溶液，一条活蹦乱跳的鱼。

　　我去啤酒瓶厂参观过。我知道所有的玻璃瓶子都是吹出来的。在吹瓶的时候，瓶子会达到一种可怕的高温，鱼和水不可能那时候放进去。那就只剩下一个解释：厂家先拿来一个芒果造型的瓶子，装上水，放上鱼，然后想办法把这个芒果完全封闭起来。

　　我想店主说的没错，这样一件小小的工艺品，的确需要很尖端的技术。

　　店主告诉我，这个玻璃芒果，这条鱼，只需六十块钱。

　　倒不贵。可是我弄不明白，我们怎样来喂这条鱼？怎样来给这条鱼换水？

　　不用喂，也不用换水。店主说，这里面充了压缩氧气，这么小的一条鱼，一年足够用了。也不用换水，水是特殊处理过的吧。只要别在阳光下暴晒，这条鱼完全可以在这个小瓶子里很好地活上一年。

　　那么一年后呢？我问。

　　鱼就死了啊！店主说，六十块钱，一件极有创意极有观赏价值的工艺品，也值了吧？

　　当然，我承认值。这比在花瓶里插一年鲜花便宜多了。可是，店主的话还是让我心里猛地一紧。

　　鱼长不大吗？我问。

　　你见过花盆里长出大树吗？店主说。

　　那么，这条鱼的自然寿命是几年呢？我问。

　　三四年吧。店主说。

　　心里再一紧。

　　自然寿命三四年的鱼，被一个极有创意的人，被一个有着高端技术的工厂，硬生生剥夺了自然死亡的权利。一年后是鱼这一生的什么时间？少年吧？青年吧？或者中年？

　　可怜的一年鱼！

　　为了自己日益苛刻的味蕾，我们杀掉才出生几天的羊羔，从蛋壳里扒出刚刚成形的鸡崽，把即将变成蝴蝶的蚕蛹放进油锅煎炸，将一只猴子的脑袋用铁锤轻轻敲开……

　　现在，为了日益荒芜的眼球，又"创意"出一条小鱼的死亡期限，然后开始慢慢地倒计时。

　　当我们在自家的茶几或者书桌上盯着那条鱼看，我不知道，我们看到的是美丽和幸福，还是残忍、悲伤、恐惧以及死亡？

　　我想有此创意的人，如有可能，也应该享受到这条鱼的待遇吧？把他装进一个电话亭大小的完全封闭的钢化玻璃屋里，准备好三年的空气、食物和水，然后扔进寒冷的北冰洋，让一群巨鲨们，每天眉开眼笑地倒计时。

疤　　痕

　　她长得很漂亮。可是左边的眉骨上，有一道深深的疤痕。

　　那时她还小。父亲推着独轮车，把她放在一侧的车筐。田野里到处是青草的香味，她坐在独轮车上唱起歌。后来她听到山那边响起"哞——"的一声，她站起来观望，车就翻了。

　　那天很多村人对她父亲说，怎么不小心一点儿呢？这么小的孩子。

　　她喜欢唱歌和跳舞。小时候在村人面前唱唱跳跳，便有村人夸她，唱得好哩，妮子，长大做什么啊？她就会自豪地说，电影演员。

　　她慢慢地长大着。长到一定的年龄，便意识到自己的脸上，有一道难看的疤。从此她不在外人面前唱歌。她怕别人问她，长大后干什么。

　　后来她去遥远的城市读大学，她读的是与"演员"毫不相关的专业。但有那么一个机会，她还是去试了试某电影学院的外招。结果，如她想象的完全一样，她被淘汰了。

她不知道，是不是因为那道疤痕。

大二暑假回家的时候，父亲为她准备了一个小的敞口瓶，瓶子里盛装着一种黄绿色的黏稠的糊。父亲说，这是他听来的偏方，里面的草药，都是他亲自从山上采回的。听说抹一个多月，疤就会去了呢！父亲兴奋着，似对自己的话，深信不疑。

她开始往自己的疤上涂那黏稠的糊糊。每天她都会照一遍镜子，可那疤却是一点儿也没有变淡。暑假里的某一天，要有几位高中同学来玩，早晨，她没有往眉骨上抹那黏糊。父亲说怎么不抹了呢，她说有同学来玩，父亲说有同学怕什么，她说今天就不抹了吧。可是父亲仍然固执地为她端来那个敞口瓶，说，还是抹一点儿吧。那一霎间她突然很烦躁，她厌恶地说不抹了不抹了，伸手去推挡父亲的手。瓶子掉到地上，啪一声，摔得粉碎。

父亲的表情也在那一刻，变得粉碎。还有她的希望。

以后的好几天，她没有和父亲说话。有时吃饭的时候，她想对父亲说对不起，但她终究还是没说。她的性格，如父亲般固执。

回到学校，她的话变得少了。她总是觉得别人在看她的时候，先看那一道疤。她搜集了很多女演员的照片，她想在某一张脸上发现哪怕浅浅的一道疤痕。但所有的女演员的脸，全都是令她羡慕的光滑。

她变换了发型。几绺头发垂下来，恰到好处地遮盖了左边的眉骨。她努力制造着人为的随意。

那一年她恋爱了。令她纳闷的是，男友喜欢吻她的那道疤。

大三那年暑假，她再回老家，父亲仍然为她准备了一个敞口的瓶子，里面盛装的，仍是那种黏黏稠稠的黄绿色糊糊。父亲嗫嚅着，其实管用的……真得管用。父亲挽开自己的裤角，指着一道几乎不能够辨认的疤痕说，看到了吗，去年秋天落下的疤，当时很深很长……现在不使劲看，你能认出来吗……我这还没天天抹呢。

看她露着复杂的表情，父亲忙解释，下地干活时，不小心让石头划的……小伤不碍事。却又说，可是疤很深很长呢。

她特别想跟父亲说句对不起，但她仍然没说；她特别想问问当时的情况，但她终于没敢问。她怀疑那疤是父亲自己用镰刀划的，她怀疑父亲刻意为自己制造一个和她一模一样的疤。她害怕那真的是事实。她说不出来理由，但她相信自己的父亲，会那么做。

整整一个暑假，她都在自己的疤上仔细地抹着那黏稠的糊。她抹得很仔细，每次都像第一次抹雪花膏般认真。后来她惊奇地发现，那疤果真在一点一点地变淡。开学的时候，正如父亲说的那样，不仔细看，竟然认不出来了。

可是她突然，不想当演员了。

星期六晚上她和男友吻别，男友竟寻不到那道疤痕。男友说，你的疤呢？

她笑笑，说，没有疤了。

其实，她知道，那道疤还在。

疤在心上。

父亲的光头

年轻的父亲和六岁的儿子正做着游戏，突然父亲问自己的儿子，爸爸帅吗？

儿子仰着脑袋，无限崇拜地看着自己的父亲。当然帅！他使劲点着头。

父亲问，比罗纳尔多怎么样？

儿子说，他哪能跟你比？

比贝克汉姆怎么样？

比他更帅！

父亲接着问，那比陈佩斯呢？

儿子快乐地笑了。比他帅多了。儿子斩钉截铁地说。

那么，父亲说，假如我现在把头发剃光，还会比他们帅吗？

儿子想了一会儿，说，我想仍然比他们帅。

父亲就站起来，拉了儿子的手。走！他说，现在就陪爸爸理发去。

儿子有些不愿意了。六岁的他隐隐地感觉到似乎落入到父亲的圈套。他不解地问父亲，为什么要剃成光头？

父亲说你都可以剃成光头，我为什么不可以？

儿子说我是小孩嘛！

父亲说大人也爱美啊！难道你不知道罗纳尔多、贝克汉姆都常常剃成光头吗？还有那个陈佩斯，更是一直光着脑袋……并且你想，假如我剃个光脑瓜瓢，一会儿回来，猛地推开厨房的门，冲你妈做个鬼脸，再大叫一声，你妈她会怎么样？父亲指了指厨房，压低了声音。

她会吓一跳！儿子拍起巴掌。

还有呢？父亲眨眨眼睛。

她不认识你啦！儿子兴奋得满脸通红，她会大声喊，快抓坏人啊！到那时我就给她介绍说，这位就是你的老公。

父子俩一起大笑起来。然后，父亲牵了儿子的手，一起去街角的理发店剃光了头发。

只剩下厨房里的女人，偷偷抹泪。

然后，一天以后，父亲背着儿子来到医院，开始一个月一次的化疗。

然后，每隔几天，他都要偷偷来到理发店，把刚刚长出来的头发剃光。

然后，半年以后，他的头发终于全部掉光。他不再需要理发。

然后，一年以后，父亲永远离开了这个世界。

多年后男孩长成一个男人。他做过装卸工、送奶员、业务员、小区保安。他勇往直前，无所畏惧；他乐观向上，关心别人。一次与朋友谈起各自的性格，他说自己的性格，很大程度是因为受到父亲的影响。

可是你的父亲不是在你六岁的时候就去世了吗？朋友不解地问。

他说，的确，父亲在我六岁时候离我而去。可是他在离去以前，一直笑着为自己的儿子藏好了疾病和死亡，让我儿时弱不禁风的心灵，没有丝毫恐惧和阴影……

你想把不好的留给谁

在中国，几乎所有超市的蔬菜区和鱼肉禽蛋区，都可以自由挑拣。于是我们看到的是，不管男人女人、大人小孩，只要在买菜，全都低着头，挑大蒜，挑土豆，挑排骨，挑带鱼……甚至，挑完了，还会再检查一遍购物篮或者购物车，将不太满意的再挑出来。至于农贸市场、街头小摊，就更不必说了。挑挑拣拣，构成我们消费过程的全部。

这现象太过普通和正常，普通正常到几乎没有人去考虑这件事情的后果。说起来，这件事情的后果也没有什么严重，无非是：前面的人把好的挑走了，你接着挑，你后面的人再接着挑，挑到最后，哪怕剩下两棵油菜，也有相对好的那一棵。

每个人都挑走了一堆里面最好的，这恰恰迎合人们贪便宜、别吃亏的心理。尽管，没有人真正贪到了便宜。因为你前面的人已经挑走了好的，你挑的，不过是相对好一些而已。

不过，说老实话，后来那些好的相比之前的好的，接近于垃圾。

这是一个自我的世界。或者说这是一个自私的世界。自私到，连一头大蒜、一条带鱼都要挑挑拣拣。说白了，就是我一定得挑走好的，剩下不好的留给别人。

说是挑，客气了。应该是抢。两者没什么本质的区别。

这样的生活习惯，或者说这样的人生态度，生活里比比皆是，司空见惯。因为我们不但挑蔬菜，还挑家具，挑房子，挑学校，挑职业，挑对象，挑位子，挑墓地……人人都在挑，天天都在挑，人人都在抢，天天都在抢。苦在其中，乐在其中。

但世界上的好东西，只有那么多。你把好的挑走了，他也把好的挑走了，不好的留给谁？

似乎没有人去管。因为我们只抢走了应该或者不应该属于我们的那一份。因为我们并没有直接伤害到别人。因为我们并不知道当自己抢走好的，那些差的会被哪个倒霉蛋遇上。因为我们并不认识那个倒霉蛋。因为那个倒霉蛋，与我们无关。

假如那些倒霉蛋是你的亲人、家人或者最好的朋友，我想，大多数人都不会这样做。那应该会出现这样一种情景：不是挑好的，而是挑差的。小到一头大蒜、一条带鱼，大到一栋房子、一个职位。因为我们爱他们，我们愿意为他们吃亏，为他们付出。

说到底，"爱"能改变一个人的行为习惯，"爱"能改变世界。

我们每个人都在追求"爱"，追求"善"；然而，有些事情，我们却做不到"爱"，更做不到"善"。或者说，我们把"爱"与"善"夸张化了，概念化了——我们可以去花鸟市场买鲤鱼放生，可以资助一个山区的孩子读书，但只要到了超市，仍然会低头挑菜，并心安理得。

你想把不好的留给谁？无论留给了谁，你都抢去了本应该属于他

（她）的东西。所以我说，你天天行善，日日行善，只要去超市挑过那么一两次，那么，你就不是纯粹的"善"。

道理很简单：既抢，且善，怎么可能？

你永远没有一败涂地

　　二十世纪八十年代末，我迎来了人生的第一个机会——报考乳山师范的美术专业。那时候，师范特别受欢迎我们这些农村穷孩子的欢迎——只要考上了，工作和户口就有了保障。

　　之前我自学了十几年美术。对考上师范，我有足够的信心。

　　初试进行得非常顺利，无论素描还是速写，我全都超常发挥。回到家，父亲问我考得如何，我告诉他，就算只录取一个，也非我莫属。我没有夸张，考美术不像考文化，大家挤在同一间屋子里，面对着同一个模特。只要转转脑袋，谁画得好，谁画得不好，一目了然。

　　果然，我以初试第一名的成绩进入复试。复试在乳山师范进行，我带了画具，提前一天来到考场。由于头一天晚上感冒，到了考试那天，我头痛欲裂，鼻涕一把泪一把，看什么都是重影。于是心里叮嘱自己，一定要考好，一定不要受感冒的影响。然而越是这样，我越紧张，结果，我发挥得一塌糊涂。我看了看，整个画室里，我的画充其量只能排在中游。而这样的成绩，根本不可能考上。

素描之后是速写。因了素描的糟糕发挥，我的速写也很不成样子。每个考生只有一张盖了编号的画纸，一旦画坏，便不可再改。我知道，我也许会被淘汰。

最后考的是美术理论，紧张到极点的我，不仅把"吴道子"写成了"吴作人"，并且将三原色中的黄色答成了冷色调。而这些，在我很小的时候，便可以倒背如流。

我沮丧极了。

回到家，父亲问我考得如何。我告诉他，就算只淘汰一个人，也极可能是我。我同样没有夸张。我发挥得差极了。我怨不得别人。

经过近一个月的忐忑并且心存侥幸的等待，当成绩终于公布，我果然榜上无名。尽管早已做好心理准备，但那时，我还是感觉天都塌下来了。一个农村孩子就此失去走出农村的最好的机会，有什么比这更糟糕的事情呢？我想因了我的失败，我注定会重复父辈们那种"面朝黄土背朝天"的生活。

父亲劝我说，以后的事情，谁也料不到。虽然现在你没有考上师范，以后或许也不会从事与美术有关的职业，但是我相信，你肯定会有更好的前程。

可是我已经被淘汰了。我说，我不知道我还能有什么更好的出路。

也许你的很多潜能，连你自己都没有发现。父亲说，这么多年，你迷恋画画，是好事。但同时，这也会限制你对其他潜能以及才华的发现。我相信多年以后，你会从事一种你之前从没有做过甚至从没有想过的职业，并且你会做得很好。所以，现在你被淘汰虽不是好事情，但你并没有一败涂地。考试成绩不过代表了你在某一个领域的技能或者某几门学科的认知程度，说明不了其他问题。考试成绩或许会影响到你一段时间的人生，却不会永远影响到你的人生……请记住，对一个有理想的人来说，永远不要用"一败涂地"这个词。

往后那些年，我读职高，毕业，在各种各样的工厂打工，自己做生意……即使生活最艰苦、心情最灰暗的那段时间里，我也记得父亲的话：你永远没有一败涂地。

现在我所从事的职业与当初的理想毫不相干，但是，我同样很快乐，同样可以为社会做很多有意义的事情。这些年，我无数次想，假如当初我考上了师范，又能怎么样呢？得到的同时，意味着失去，很多时候，我甚至感谢那次失利。

没有失败就没有成功。在同一个领域是这样，在不同的领域也是这样。

母　亲　灯

　　第一次进城，母亲去送他。通往城里的过路车每天只有一班，他和母亲在路边等了很久。母亲一直替他扛着那个大大的背包，她把背包从左肩换到右肩，从右肩换到左肩，再从左肩换到右肩。他对母亲说，把背包放下来歇一歇吧。母亲摇摇头说，我背着就行了。刚下过雨，路还没有干透，他知道母亲怕弄脏了他的背包。背包虽然廉价，却是新买来的。母亲想让他干干净净地进城，母亲不想让她的儿子被城里人嘲笑。

　　车很久不来，疲惫的母亲将背包抱到胸前。背包敞开一条缝隙，里面竟然露出一个小小的纸灯笼。那是家里唯一的灯笼，是晚上走夜路时用的。他问母亲，你把灯笼塞进背包里干什么？母亲说，万一你在城里走夜路，这灯笼就用得上了。他说，不是跟你说过吗？城里的街道，有路灯。母亲说，我知道城里的街道有路灯，可是万一赶上停电呢？咱们的村子里也有电灯，还不是一两天就停一次电？母亲用村里的逻辑来分析城里的景状，他知道自己不可能说服母亲。他想他只能带上这个灯笼，然后在到达城里以后，把它当成一件装饰品挂在床头。车来了，他从母亲手里接过背包，挤上了车。背包里有一个他注定不会用上的灯笼，那是母亲的灯。

他很快在城里扎下了根，又买了很宽敞的房子。几年后他走在街上，没有人能够看出来他曾经是个乡下人。他接来了母亲，教母亲用燃气灶，教母亲开关电视机，教母亲去超市买东西，教母亲认识马路上的红绿灯……母亲当然很不习惯。母亲解决问题的办法是不去用燃气灶，不去动电视机，只去农贸市场买菜，尽量少出门，尽量少经过红绿灯……那个灯笼挂在书房的一角，灯笼里有一根从未点着过的蜡烛。灯笼土气并且陈旧，与那个书房的整体格调，极不协调。

他常常嘲笑母亲的迂。在夜里，他和母亲站在窗前，看城市的夜景。他问母亲，你来到城里这些日子，见过停电吗？母亲笑一笑。他说，城里根本没有白天和黑天之分。甚至夜里因为有灯光，反而比白天还亮，还繁华。再说，即使真碰上停电，这么平坦的马路，又能有什么事呢？母亲再笑一笑。他想，母亲的微笑等同于默认了自己毫无根据的多虑。

几天后的晚上，他接到一个电话。是公司突然接到一笔业务，他需要马上去公司一趟。他匆匆整理一下公文包，又从鞋柜里取出自己的鞋子。这时母亲从书房里出来，他看到，母亲的手里，竟然提着那个小小的灯笼！带上灯笼，母亲说，万一赶上停电好用。

他说怎么可能停电呢？你去窗口看看，现在外面不是没有停电吗？

可是，万一你回家的时候停电了呢？

可是我要打出租车回来的。

可是我知道出租车只能停在小区门口。你仍然要走一小段路的。

可是那段路上有路灯啊。

可是万一正好赶上停电呢?

可是这么长时间,你见过停电吗?

可是万一今天晚上正好被你赶上了呢?

他愣愣地站了一会儿,终于哽咽。他接过母亲手里的灯,匆匆下楼。他不敢回头,他怕眼泪被母亲看见。

他提着那个灯笼去公司,将灯笼挂在桌边,然后开始工作。不断有同事们问他,你买这个工艺品干什么?他总是认真地对他们说,这不是工艺品,这是母亲的灯。

……灯里有浓浓的牵挂和爱,以及母亲对儿子,看似多余的永远的担忧。

父亲的玩笑

门外是一片草地，草地里有野花，有野兔，有美丽的蘑菇，当然也有毒蛇。父亲为他的家围上栅栏，又在栅栏的周围小心并细致地撒上驱蛇药。父亲决不允许毒蛇入侵他的领土，惊吓或者侵犯他的妻儿。

可是那天早晨，当父亲毫无防范地走进洗手间，他竟然发现洗漱台上，盘踞着一条很大的毒蛇！毒蛇长着三角形的脑袋，披着灿烂邪恶的金黄色花纹。它圆溜溜的眼睛死死地盯住男人，淡蓝色柔软的信子不断从嘴巴里轻巧地弹出。男人吓了一跳，不动，又慢慢退出，去客厅寻找一件足以对付这条毒蛇的武器。退出前他不忘关紧洗手间的门，他知道一旦毒蛇爬进客厅，将意味着什么。

可是他不敢肯定自己有没有对付这条毒蛇的能力。

他在客厅里见到了自己的儿子。四岁的儿子从卧室出来，搓着睡意蒙眬的眼睛。他看见父亲，喊了声爸，脚步却并没有停歇。他走向洗手间。洗手间里，盘踞着一条可怕的毒蛇。

别急去！父亲急忙喊住他，洗手间里有东西！

有东西？儿子停下脚步，满脸疑惑的表情。

哦，是的。父亲说，先不要去洗手间。

有什么东西？

一条蛇。话音未落，父亲就发觉了自己的鲁莽。儿子生来怕蛇，一条突如其来的蛇会让他惊惶失措，然后一连好几天心惊胆战，甚至夜里都会做起噩梦。不过那是一条假蛇，父亲急忙加上一句，我从小贩手里买来的。父亲扮着轻松的表情，他希望儿子没有被吓坏。

假蛇？儿子果然来了兴趣，你在洗手间放一条假蛇干什么？

你猜呢？父亲被他的问题难住了。

你想吓唬妈妈！儿子想了想，兴奋地说，你想让妈妈吓一跳！我现在就喊妈妈去！我骗她去洗手间……我对她说，你老公送给你一件礼物，在洗手间里。儿子拍着手，眉开眼笑。

先不要。父亲制止他说，我们不一定非要用这条蛇来吓唬妈妈吧……我们可以用它来吓唬别人……比如说，警察……

吓唬警察！儿子笑着说，真好玩。

那我现在就给警察打电话，他们马上就到，不过你先不要进洗手间。父亲掏出电话，走到门口。在那里他能看得见儿子，儿子却听不到他压低的声音。电话里他向警察详细描述了毒蛇的样子，并且，他恳求对方不要告诉他的儿子那其实是一条毒蛇。

警察在一分钟之内制服了毒蛇。一分钟时间里，父亲和儿子躲进了卧室，他们一边偷偷地笑，一边从门缝里往外看。他们什么也看不到，可是似乎，这并不影响他们的快乐。

警察们离开以后，父亲问儿子，刚才好玩吗？儿子说，好玩！父亲问，想不想再来一次？儿子说，想！父亲笑了。他说可是这样的恶作剧，我们只准玩一次……警察们太忙，他们有太多事情，这些事情远比来咱们家抓走一条假蛇重要得多……所以以后，不管什么时候，我们都不能拿一条假蛇来捉弄警察。

儿子似有所悟地点点头。

父亲说不过，如果你以后遇到一条真正的毒蛇，如果是在家里，比如洗手间，比如客厅，如果你的身边恰好没有别人，你就要学爸爸这样，先关上门，再跑到安全的地方，然后，如果有需要，你一定要唤来警察……

父亲和儿子坐在栅栏前，面前是一片绿意盈盈的草地。父亲摸摸儿子光溜溜的脑袋，心情无比愉悦。不过是一个玩笑，就让儿子本应的恐惧变成了快乐，并且因了这个玩笑，他让四岁的儿子，学会了危险面前的自我保护。

让每一个孩子摆脱恐惧，让每一个孩子的每一天都是快乐的，让每一个孩子学会保护自己。他知道，这是每一位男人、每一位父亲最基本的责任。

当然，这需要智慧。

梦想是你的脊梁

　　小时候我的梦想是当一名画家。我认为只有画家才可以天天画画。稍大些时我开始为这个梦想努力，似乎那时我所做的一切，都是为了将来能够成为一名画家。可是对一个没有经过专业指导的农村孩子来说，想成为画家谈何容易？当我终于没能考上美术师范而不得不就读于一所职业高中时，我认为，我的梦想在那一刻随即破灭。我在高中度过了三年浑浑噩噩的时光，那三年里，我似乎将梦想彻底隐藏。

　　现在回想起来，其实只是我没有了继续画画的信心，而并非没有梦想。是失败让我变得更加"务实"，而那样的"务实"，其实才是最可怕的。

　　毕业后我被分配到一个山区啤酒厂，仍然浑浑噩噩地度日。一个偶然的机会，我认识了一位韩国商人。他在城市里开着一家很大的公司，在他的邀请下，我去了他的公司，从一名普通的工人变成一个白领。

新的梦想就是在那时候诞生的。必须承认，那位韩国商人颠覆了我的一些既成的人生观和价值观。那时我不再想成为画家，而是想办一个属于自己的公司。我在他那里做了三年，然后真的辞职，并且办起了自己的公司。

——其实很多人和我一样，梦想并非只有一个。在不同的时间，不同的背景，新的梦想随时可能诞生。

一开始我的公司经营异常艰难。那时候我又有了新的梦想，就是可以天天有生意可做。后来真的天天有生意做了，我又希望把我的公司做得更大，做成跨国公司。梦想在我这里不停地升级，我从中得到源源不断的快乐和动力。

可是，我逐渐发现我的性格其实并不适合做生意。尽管我努力使自己在生意场上左右逢源，但事实上，我骨子里是一位不愿意和别人打交道的人。或者说，我并不擅长生意场上的左右逢源，并不喜欢针锋相对的商场拼争。相反，我越来越喜欢安静，越来越喜欢一个人的独处。当我意识到这个问题以后，我有过一段痛苦的思想斗争。终于，在某一天，我下定决心，弃商从文。

于是新的梦想再一次诞生。把文章越写越好，把更多的好作品交给读者，成为我文学路上的唯一梦想。现在我仍然在这条路上跋涉，很快乐，也很艰难。

既然旧的梦想可以轻易抛弃，那么，梦想还有什么用？当然有用。其实不管你的梦想能不能最终实现，或者你会不会在某一天抛弃你原有的梦想，这些梦想都会给你的生活增加无穷的动力和激情。——在我梦想成为画家的时候，我天天练画，我的每一天都过得充实和快乐；同样，在我梦想开一家自己的公司的时候，在我梦想把自己的公司做成跨国公司的时候，在我梦想可以出一部让自己满意的长篇小说的时候，我每一天都会努力。我们不一定能够实现自己的梦想，但是为了实现这个梦想，你必须充满激情、勇往直前。你靠着这梦想才让自己站得笔直。你的这种状态才是最重要的。这是你的财富。

　　是的，梦想总会在前面等着你，它是你的脊梁，靠了它，你才能够站起来，才不至于倒下去。这与你能不能够将它最终实现，并没有太直接的关系。

　　最后我想说，梦想不能够实现，真的并不可怕，因为你还会诞生出新的梦想。可怕的是，梦想破灭时对信心所造成的巨大打击。这种打击在有时候，才是最致命的。

请与我保持距离

去银行办业务，总感觉背后刀子般的目光。有人就那样紧紧地挨着你，感觉像训练有素的间谍。有时我会指指"一米线"，告诉他我马上就要输入密码。想不到对方却是耸耸肩安慰我："不碍事的。"语气和眼神极为坦诚。

那目光和神情，总令我不解。换句话说，他越坦诚，我越不安。尽管我也相信，那背后之人应该不会流氓到偷记了我的密码，然后从我的存折里取出一大笔钱。却仍然想，不是有"一米线"吗？为何不能站在"一米线"外等？"一米线"是供的，还是用的？

总有人呼吁要缩短人与人之间的距离，身体上的，还有心灵上的。理解。这世上，每个人都孤独，于是就开始加强与陌生人或者朋友间的交流。网络上的视频聊天，酒吧里暧昧的灯光，距离都短得让人心惊。其实没关系，只要两相情愿，"零距离"甚至"负距离"也没有关系。可问题是，总会有人，或陌生人，或朋友，在进入你心里所能承受的"一米线"距离时，根本用不着与你商量。这时，你可能便会局促不安，甚至于反感了。

某一天正写稿子，有朋友来访，跟他说你先自己看半小时电视，编辑催稿子呢。对方笑着说忙你的忙你的，很大度的样子。半小时后，客厅里已不见了朋友。推开卧室的门，这家伙已躺在床上呼呼大睡了，旁边，我的几本宝贝书也被他翻得一塌糊涂。能跟他说什么呢？都是那样好的哥们。也许对一些坦诚且不拘小节的人来说，朋友间是不应该有隐私的，更甚至距离。

朋友曾在酒席上给我介绍一位陌生人，说此人如何如何了得，寒暄一番后，就似成了朋友。酒席完毕，便被此人缠住。"家住哪里？""手机号我有，家庭电话呢？""对了你当初为何不继续你的生意呢？""为什么要写作？"哪里是在聊天，简直是在审问，刀刀都对准了你的心脏。拂手而去显然是不礼貌的，只好支支吾吾，答非所问。感觉极像是他在前靠，我在后退，他白白浪费了一个夜晚，距离仍被我小心翼翼地保持着。

不是我自视清高，刻意封闭。总以为，人与人之间，心与心之间，总该保持那么一点距离。真正的"零距离"是不存在的，那会让彼此不安。我把这距离当成是心理上的"一米线"。越过了这个距离，你的每一步靠近，都令我极不舒服。尽管我知道你并非恶意。这与"善意"或是"恶意"无关。好像，银行里的"一米线"也并非专为有"恶意"的人准备的。心存这个想法，好似有些肤浅了。

想跟一些人说：请与我保持距离。对陌生人，也对朋友。

秋夜，火车站广场的老人

老人蜷缩在长椅上，头底下，枕着一个藏蓝色的包袱。包袱和老人的嘴唇一样干瘪，我猜想那里面空无一物。老人头发花白，皱纹纵横，灰色的嘴唇黯然无光。她综合并叠加了老年人的所有特征。这样的年纪，这样的老人，本该坐在家里，看着电视，逗逗外孙，浇浇花草，喂喂小猫小狗。然而她，却蜷缩在火车站广场的嘈杂与冷风里，打着轻微的鼾。

她睡得很香。

这样的环境，睡得香，只有三种可能：她一直生活在这样的环境里；她早已习惯；她太累了。

哪一种，都令我心痛，乃至心碎。

是秋夜，起了风，老人的白发在秋风里飘扬。却有不屈不挠的蚊子，成群结队，围着老人，"嗡嗡"叫着，瞅准机会，猛扑上去，将老人叮咬。

老人似乎毫无察觉。

我想起我，想起我们。很多时，我们的家里即使只有一只蚊子，我们也会兴师动众，不将之消灭肯定不能睡得安稳。而老人，在蚊子的包围和叮咬之下，竟睡得香熟。

老人翻一个身，一只手轻轻搭上另一只手。她的身边走过去一个中年男人和一个孩子。孩子看看老人，问男人，这个奶奶怎么不回家？男人笑笑，说，也许她没有家。孩子不解地眨眨眼睛，问，她怎么能没有家呢？喜鹊有家，蚂蚁有家，蜜蜂有家，小猫小狗都有家。她怎么能没有家呢？

她怎么能没有家呢？男人不会跟这个孩子解释什么。事实上，除了老人自己，谁也无法解释。也许连老人自己都无法解释——她为什么没有家呢？

无论她有没有家，无论她为何没有家，无论她生活得如何，孤寂或者无所谓孤寂，饥饿或者无所谓饥饿，寒冷或者无所谓寒冷，只要她躺在火车站广场的长椅上，这世上的所有，就全都有责任。我们的国家，我们的制度、社区、街道，她的亲人，她的邻居，我，我们，每一张从她身边漠然经过的脸孔，全都有了负责。老人不应该属于火车站广场的长椅——她可以属于任何地方，但绝不可以属于火车站广场的长椅。

——老人甚至不能进入相对温暖的候车室里睡上一觉，因为老人没有车票。没有车票，就不能进入候车室，好像很多时，我们的某些规矩、制度、做法，只针对一些穷人，一些可怜人。它们冷冰冰地对待着一位老人，我不知道，让一位老人进入候车室，在污浊并且混乱的塑料椅上睡一会儿，会给他们或者我们，造成什么样的损失。

我在火车站广场的长椅上坐了两个小时，老人在广场的长椅上睡了两个小时。两个小时里，老人安静地睡着，周围的一切，似乎都与她无关。只是我不知道，熟睡的老人有没有梦，梦里她会不会有家，又是否会梦起属于她的年轻时代？

父亲的秘密

假期里，父亲和他八岁的儿子，去森林里游玩。他们往密林深处不停地走，不知不觉迷了路。四周的古树遮天蔽日，像一只巨大的笼子将他们困在中间。父亲背起疲惫的儿子，试图走出去。可是他无奈地发现，自己能够做的，只是每隔一段时间，重新回到原地。

那里有一个废弃的木屋。木屋里也许住过守林员，也许住过伐木工人，现在它空着，破烂不堪，仿佛随时可能倒塌。可它毕竟是一间屋子，这能够为父子俩增加一些安全感。晚上他们挤在里面，生起一堆火。外面传来野兽的叫声，似乎距他们很遥远，又似乎近在咫尺。儿子呜呜地哭起来，他说我们会不会死在这里？父亲用力拍拍他的肩膀。父亲说不怕，我们会走出去的。

可是第二天，他们仍然围着木屋不停地画着圈子。让父亲稍感欣慰的是，木屋外面有一口水井，水井里面有干净的水。他小心踩着井沿的缝隙下去，用随身携带的军用水壶，打上一壶水。可是他们已经没有任何可吃的东西，恐惧的乌云笼罩了他们。

第三天，父亲放弃了那种徒劳的尝试。他对儿子说，这里有木屋，有水井，就很有可能是一些路过者的临时驿站。我们只要等在这里，就肯定会遇到人……你留在这里等我回来，我到附近找些吃的。儿子问附近有什么吃的？父亲就笑了，他说森林里还能饿死人吗？你难道忘了野生蘑菇很有营养吗？他为儿子打上一壶水，然后一个人离开木屋。他一边走一边回头对他的儿子说，守着屋子，千万不要乱走……等我回来，我们一起吃晚饭。

父亲并没有马上去寻找蘑菇。他把衣服撕成布条，系在木屋周围的树干上。系完，仔细检查一番，调整了几个布条的位置。他想这样如果有人经过，就会发现这些布条，再发现小屋，再发现小屋里的他们，并将他们带出森林。他想这可能是他们唯一的机会，他不敢有丝毫马虎。

那天父亲很晚才回来，他拣回了一小把蘑菇。虽然仍然走不出去，虽然仍然没人发现他们，可是有了蘑菇，他们就有了活下去的希望。儿子问这蘑菇不会有毒吧？父亲说不会……在走出去之前，我们天天喝鲜蘑菇汤。儿子问这附近蘑菇多吗？父亲说不多，也不少。儿子说明天我也去拣。父亲说不行，你得守在这里，万一有人经过怎么办？我们的目的是走出森林，不是在这里吃蘑菇宴。父亲朝儿子做一个鬼脸，儿子发现父亲的脸，有些浮肿。

父亲一连出去拣了三天蘑菇。他出去的时间一天比一天长，拣回的蘑菇却一天比一天少。每一次回来，他都是筋疲力尽，脸色蜡黄，完全大病初愈的样子。儿子问您怎么了？父亲说没事，有些累。儿子害怕地哭起来，他说爸爸，我们是不是真的走不出去了？父亲说不会的，只要我们坚持住，就会有人发现我们……你别动我再去打一壶水来。

　　第二天果真有人经过，是一位猎人，是父亲的布条把他引到了小屋。猎人把他们带出森林，他们再一次回到了城市。那以后，每次谈起这次经历，父子俩仍然心有余悸。

　　家里的饭桌上，从此没有蘑菇。甚至，儿子说，哪怕在菜市场见到了蘑菇，他都想吐。

　　可是时间会改变一切。十几年过去，有一天，儿子回家时，竟提回一小袋蘑菇。他告诉父亲，这是真正的野生蘑菇，是近郊的农民在大山里采的，刚才在街边叫卖，他看看不错，就买来一袋。十多年没吃蘑菇了吧？儿子对父亲说，我想您可能都忘记蘑菇是什么味了。

　　父亲笑笑，没说话。他似乎对蘑菇并不反感。

　　父亲把蘑菇倒在水池里仔细清洗。突然他低下头，从那些蘑菇里挑出两个，扔进旁边的垃圾筒。儿子问爸您干什么？父亲说，这两个蘑菇，有毒。

　　有毒？儿子怔一下，您怎么知道？

　　父亲狡黠地笑了。他说，还记得十几年前我们的那次历险吗？那三天的时间里，我可能，尝遍了世界上所有的蘑菇……你当然不会知道，这是我的秘密。

女人的胆量

女人天生胆小。一个人在家，心里忐忑不安；一个人走夜路，简直胆战心惊了。

还好她有男人，还好她的男人细敏体贴。热恋时候，男人是绝不肯让她走夜路的。有时在外面待得晚了，男人定会将她一直送回家。他站在树的阴影里，抽着烟，让女人能够看到一闪一闪的火星。他目送女人开门，转身，再关门，才肯放心离去。然后，猛回头，却看见门敞着一条很小的缝隙，他的女人，正在偷偷看他。

这样的感情，在婚后，注定恩爱融洽。只是女人仍然需要上班，在婚前的工厂，早班或者晚班，工作并不轻松。下晚班时，天完全黑下来，女人乘公共汽车到一个路口，然后步行穿过一条一百米左右的没有路灯的土路。那时他们刚刚搬到新居，周围楼房稀少，那段土路更是偏僻荒凉。不过女人并不害怕，因为她有男人。逢她下晚班，男人总会站在路口等她，看到女人了，也不说话，笑一笑，转身就往回走。女人静静地跟着他，黑暗中感觉着他宽阔的后背，或者快走几步与他并肩，左手偷偷牵了他的右手。这也算婚后的浪漫吧？女人暗自想，有点"夫妻双双把家还"的意思。

可是男人突然要出差一段时间。他对女人说，想办法把晚班调成早班吧，等我回来，你再调过来。女人点点头。男人不放心，他说万一没有调成，晚上你就搭个出租车回来……反正出租车也不太贵，我们又不会因此变穷。女人说，好。她给男人收拾行李，她为男人的体贴入微偷偷感动。

可是班上就几个人，工作时间并不好调整，所以男人不在的日子，她仍然上着晚班。也没搭出租车，她认为其一没有必要，其二太过夸张。有什么必要呢？这么大的人了，又不是小女孩。再说省下搭车的钱，能给女儿买好几袋牛奶呢。黑暗里有什么？有魔鬼？有坏人？不过自己吓唬自己罢了。可是仍然怕。下了车，一路小跑回家，总感觉后面有人追赶。回到家，关上门，人坐在沙发上，心脏仍然怦怦地跳个不停。

女儿开了学，升到初中，晚上需要在学校里上自习，这样回来时，时间已经很晚。女儿像她一样胆小，一条毛毛虫或者一只小老鼠，都会她让尖叫半天。天生胆小的女儿，怎敢独自走完这段夜路呢？

于是女人决定，亲自去接女儿。

她先小跑回家，把菜洗好切好，在电饭锅里焖上米饭，然后，锁门，经过一段没有灯光的土路，到路口等她的女儿。待看到女儿了，笑笑，转身，往回走。女儿跟在她的身后，黑暗中感觉着母亲瘦削的后背，或者紧跑几步与母亲并肩，左手牵了母亲的右手——胆小的女人，成了女儿唯一的守护神。

女人说怕什么呢？黑暗里有魔鬼？有坏人？不过自己吓唬自己罢了。不远处一只野猫突然蹿起，女儿哇一声惊叫，跳到女人身后，双手捂着惊恐的脸。女人却笑了。她说，一只臭猫。女人的胆子突然变得出奇的大，这让人怀疑她以前的胆小是装出来的。

只有女人知道，当她领女儿穿过这段土路，当她骂着那只可恶的野猫，她的心里，是怎样的惊惧不安。她的不怕只是说出来的，她的轻松只是装出来的。这一切只因为男人不在，只因为她是母亲。

她甚至想，或许自己的男人，胆子也并不大吧？之所以陪她走夜路，之所以必须勇敢无畏，只因为他是她的丈夫，只因为他是女儿的父亲。

男人不在的日子，女人将那段夜路走过多次。到最后连她自己都相信，她已经不再惧怕夜路，不再胆小。可是当男人回来，女人就再一次回到从前。她重新变得胆小如鼠，楚楚可怜。每当下了晚班，她都需要男人来接她。她感觉着男人宽阔的后背，或者偷偷牵了男人的右手……

或许所有女人都是如此吧？她们胆小易惊，只因为她们是女儿，是妻子；而当她们变成母亲，就会变得胆大并且勇敢，纵是凶神恶煞妖魔鬼怪，也不会让她们后退分毫。

贫穷不是别人的过错

　　我的圈子里有这样一位朋友，他性情内敛，乐于助人。朋友聚会时，总会喊上他。这一喊，便喊出了问题。

　　因为朋友的贫穷。当然贫穷只是相对而言，其参照是圈子里的绝大多数。聚会时，我们多会采用AA制，如此一来，这位朋友就常常拒绝。他拒绝从来不需要什么借口，他拒绝的方式客观而又干脆：我没钱，我很穷。

　　他的话，常常让我们很为难。不带上他，觉得我们很"小气"，很"势利"；带上他替他埋单，又怕伤害到他的自尊。后来再有聚会，干脆不跟他说。——可是万一他事后知道了呢？会不会多想？好像只要有这样一位朋友，无论我们怎样做，都是错误的。

　　前段时间，朋友们聚到一起给灾区捐款。之所以要聚到一起，是因为想趁此机会聚一聚。大家多捐了二百或者一百，唯有他捐了三十。我相信三十块钱对他来说同样是一笔不小的数字，甚至，相比我们的二百或者一百，他的三十块钱更显伟大与博爱。但是接下来他的解释，就略显多余了。

他说，我只能捐三十……我没钱，我很穷。

很反感他说这句话。可是他总会在各种场合说出这句话。似乎说一句"我没钱，我很穷"，就能够得到别人的理解和尊重，就能够让自己本来不安的心，变得平和。

他穷，或许因为他不够勤奋，或许因为他怀才不遇，或许因为他看透一切安于贫穷。可是不管如何，我想，他的贫穷与别人无关。有关的，只是他的个性，他的机遇，他的学历，他的为人处世，他的价值观，他的人生观……

甚至，他的"本事"。

贫穷不可耻，也不荣光。既然贫穷不是别人的过错，那么，要么努力改变，要么安于清贫，又何必不厌其烦地说给别人听呢？

母亲的心愿

　　人上了年纪，对自己的生日，多怀有一种恐惧。比如朋友的母亲。生日当然年年都过，朋友买了礼物，买了菜，拉上我，把母亲的生日过得简单并且隆重。吹蜡烛时，母亲总会一本正经地将她的心愿说出来。她说，我希望从明天开始，时间就不再往前走了，而是完全静止下来。她的话把朋友和我逗得哈哈大笑。朋友的母亲七十五周岁，假如时间真的静止下来，那么她将会永远七十五周岁。七十五周岁并不年轻，那是母亲可以选择的最年轻的年纪。

　　朋友有三个远嫁他乡的姐姐，他是母亲唯一的儿子，却是令母亲最放心不下的孩子。似乎大学毕业后，朋友就没有过一天安稳的日子。他在美食街烤过羊肉串，在夜市上摆过杂货摊，在商业街开过音像店，甚至有过短暂的出国打工经历。他没有攒下一分钱，却时时惹祸，让母亲操心。母亲说如果我永远七十五岁，就可以永远照顾你，就能给你洗衣做饭，如果眼不瞎耳不聋，还能看看你的样子听听你的声音。你说我老了，怎么放心你？一把年纪的人了，还没个正经。——原来她希望自己永远七十五岁，全是为了朋友。她的话让朋友眼圈通红，好久说不出一句话。其实朋友那时还没有像母亲说的那样"没个正经"，生活中处处受到挫折和磨难，有时候，并不全都是他的过错。

可是今年朋友不可能给他的母亲过生日了。因为他闯了祸，被判刑十五年。

谁也不知道他是怎么想的。也许他只为多赚一点钱。他替别人讨债，第一次赔着笑脸过去，人家却并不搭理他。等第二次，他就揣了一把刀子。他把刀子拍到办公桌上，然后坐在旁边若无其事地抽烟。一会儿，三个年轻人冲进来，每个人的手里都提着木棍。他站起来，抓起刀子，没等三个年轻人靠前，就把那位欠钱的老板捅了。

入狱前我见过他。他坐在那里，捂着脸，始终不肯说一句话。后来他哭起来，一开始只是抽泣，后来变成号啕。我只听清楚一个字。他说，妈……

今年他的母亲七十六周岁。半年前他就开始策划如何给自己的母亲祝寿。他说今年得换换方式，让母亲过一个与众不同的快乐生日。可是他的母亲注定不会快乐。因为他在狱中。

母亲生日那天，我买了礼物，买了菜，买了蛋糕，去了朋友家。我不想让他的母亲独自一人面对生日的夜晚。我知道当她静下来，她一定会更加思念自己的儿子。我给她烧了菜，斟了酒，陪她吃了很长时间的晚饭。我们谈了很多话，唯独没有谈起她的儿子。我知道不管我还是她，都在努力回避有关她的儿子的所有话题。突然她放下筷子，对我说，差点忘了，还没吹蜡烛呢。

我点燃了蜡烛，要她许个愿。和往年一样，她仍然将她的心愿一五一十地念出来。她说，我希望时间快一点走。最好一觉醒来，最好一眨眼，就是十五年以后。

我想那天的我实在太过愚钝。我竟没有听懂她的意思。我问她您以前的心愿，不都是希望时间静止下来吗？怎么现在竟然希望眨眼就是十五年？

她说因为只有过完这十五年，我的儿子才可以回家……我想他……我希望十五年快点过去……可是十五年过后，我就是九十一岁……我还能活到那个时候吗？

我有一种强烈的想哭的冲动。为了自己的儿子，她竟然希望自己生命中最后的"年轻"岁月转霎即逝！我希望她长寿，我希望她可以活过九十一岁，活过一百〇一岁，活过一百二十一岁。可是我知道这世上，并不是每一个人都可以活过九十一岁。这与愿望无关。朋友的母亲七十六岁，可是我想，她现在，满脑子里想的，全都是九十一岁以后的事情。她必须挺到九十一岁。她忽略了现在。她让我伤心不已。

她接着说，如果真能活到那个时候，我希望自己还能照顾他，还能给他洗衣做饭；我希望那时候耳不聋眼不瞎，还能看到他的样子听到他的声音。——哪怕只有一天。

我终于流下泪来。她希望自己活过九十一岁，只为能再给儿子做一顿饭；她希望自己的眼睛能看见耳朵能听见，只为看看儿子的样子听听儿子的声音。其实，就算真的能够，那时我的朋友，也已经不再年轻。

一切都是那样悲观。现在我只希望她在有生之年，能够有机会给自己并不年轻的儿子再做一顿饭；我只希望我狱中的朋友能够争取早一天出来，然后坐在饭桌旁边，吃一口母亲亲手烧的菜，夸一夸母亲的手艺。

母亲正在与时间和死亡矛盾地对峙。——下次见到他时，我想跟他说，又怕他伤心。

情理之间

　　情与理，就是人情与道理。《后汉书·张堪廉范传论》中写道："明帝之引廉范，加怒以发其志，就戮更延其宠，闻义能徙，诚君道所尚，然情理之枢，亦有开塞之感焉。""习大大"也在近期对青年人提出"情理兼修"的期许。何谓情理兼修？通情达理、允理惬情、合情合理、入情入理，都是"情理兼修"的表现。

　　经常听到这样的话：于情于理，我都该如何如何。这是情与理达成的共识，没有冲突。然而生活里，当情与理发生冲突，该听情的还是听理的？该以情为重的还是以理为大？这便是情理之间尺度与选择的问题了。

　　我有一个远房亲戚，因小时身有残疾，先被生母抛弃，又被养母抛弃。其后漫长的日子里，养母虽知他生活艰难，仍不肯与他相认。他说，他是在孤独与痛苦中挣扎着长大的。本决定终生不再与养母得见，然就在前几年，当得知养母的家庭出现重大变故，又独自病重在床，在经过一番痛苦的思想斗争以后，还是将养母接到家，照顾她，服侍她，似乎他们之间从来就没有隔阂和恩怨。他说，养母将她抛弃，不管什么原因，都是一种痛。而当养母老去，假如他也像养母抛弃自己那样抛弃养母，就是延续了这种痛。他绝不能这样做。

情理之间，"尊老养老"及他的善良本性是"情"，他没有赡养养母的义务是"理"。两者之间他选择了"情"，只因"情"大于"理"。

国外有这样一则新闻：小镇医院深夜送来两个人，他们刚刚有过一场殊死搏斗，两人浑身是血，处于昏迷。此时能为他们动手术的只有一位医生，医生想了想，吩咐护士将其中一个推进手术室。最终这个人得救了，另一个却因耽搁过久死去。医生此举受到很多人的谴责甚至谩骂，不仅因为他救活的是一个潜逃至此的杀人犯，还因为死去的那个警察是医生的儿子。很多人说他不配做一位父亲，甚至不配做一名医生。随后的采访中，医生这样解释，我这里没有警察和罪犯，只有急需救助的病人。在当时，罪犯的情况更加危急。首先救助的永远是最危急的病人，这是职责，更是医德。

我相信他比那些谩骂自己的人更爱更疼他的儿子，我也相信一位警察的生命远比一名罪行累累的杀人犯的生命重要，但在那时，对那位医生来说，首先救助的永远该是最危急的病人。情理之间，他之所以选择医德之"理"，只因"理"重于"情"。

对任何人来说，情理间的尺度都足够一生拿捏和把握。"情"重还是"理"大，其实应该多听从自己的内心。而要做到"习大大"所期许的"情理兼修"，则更需要一个人的善良、内涵、修养以及正确的人生观与价值观。

让客套变得真诚

那天我的文章进展很不顺利。先是被煤气刷卡员打扰，然后接到两个打错的电话，紧接着又有邮递员上门送挂号信，思路被一次次打断，我烦不胜烦。是交稿的最后期限，编辑那边催得火急，说整本杂志就差你的专栏了。可是没有办法，那天我的思维，变得异常迟钝。

一个小时过去，思路终于变得顺畅和清晰，可是刚刚敲下两行字，就再一次被突如其来的敲门声打断。那是陌生的敲门声，笃，笃笃，笃，笃笃，节奏感强烈，小心谨慎却韧劲十足。

怒气冲冲地去开门，见门外站一位背一个大布包的男孩。男孩戴着眼镜，穿着笔挺的西装，扎一条银灰色领带。天气酷热，可是男孩的领带却打着漂亮且结实的结。他一只手擦着汗，一只手把那个大布包往肩上颠了颠。他拘谨地冲我笑笑，说，对不起打扰您了。

我问他，有什么事吗？满脸不耐烦，身体把防盗门堵得很紧。

他说，是这样，我是某某公司的推销员，我们公司新推出一款剃须刀，价格很便宜……

可是我已经有一个非常不错的剃须刀了。我打断他的话，我不再需要任何剃须刀。

可是我们的剃须刀很便宜……男孩满脸窘迫，他重复着他的话，脸上的汗不停地淌。我怀疑他刚做推销员不久，此刻他肯定非常紧张。

要不这样，你留下名片，我需要的话，会打电话给你。我抱着双臂，下了逐客令。

对不起我没有名片。男孩肯定听出我的推脱之辞，红着脸说，您听我说，我们的剃须刀，真的很便宜……

可是我不需要！我冲男孩咆哮一声，声音大到连自己都不敢相信。我想那一刻我终于爆发，整个下午积压到一起的怒火瞬间找到可以发泄的对象。随后我"嘭"地甩上了门，再也不肯理睬仍然站得笔直的男孩，一个人回到了屋子。

文章终在傍晚前完成。尽管很不理想，可是毕竟按时交上稿子，我的心情，也变得轻松很多。

去小区花园散步，再一次碰到那个男孩。男孩正坐在一个石凳上休息，看到我，急忙站起来，冲我尴尬地笑。

卖出剃须刀了吗？我问。想起刚才对他的态度，心中隐隐有些自责。

卖掉一个。男孩的脸再一次红起来，想不到能在这里碰到您……刚才我还一直在想要不要再去您家……

还去卖剃须刀？

不，我想给您道个歉。

给我道歉？

是，给您道歉。男孩说，我知道一个人心情烦躁又被打扰的滋味……

你怎么知道我心情烦躁？

我注意过您的表情。

可是道歉的应该是我啊！我说，我有什么资格对你大喊大叫呢？我心情不好，又不是你的错……你只是推销员，你一点儿过错也没有……

可是我打扰了您。男孩说，这一切，只因为我敲开了您的门……所以，请您一定要接受我的歉意。

男孩说话时，始终盯着我的眼睛。他的表情郑重并且诚恳，他站得很直，两手贴紧裤缝，脖子上的领带依然打着漂亮的结。显然这是一位刚刚走出校园的男孩，他没有花哨的推销手段，可是他真诚的态度霎时打动了我。是的，真诚。此时的男孩，绝不是客套。他说话很慢，却感觉每一个字都踏踏实实，分量很重。他的表情诚挚，让人不忍拒绝。客套却不是这样。客套时，所有人说出来的话都是轻飘飘的，如同鸿毛掠过脸颊，不会有任何感觉。——我相信这世上有一种表情是不能够伪装的，那就是真诚。

那天我和他聊了很多，最后，我主动买下一只剃须刀。我想可以把它作为礼物送给我的朋友，我相信剃须刀的质量和价格都没有任保问题——因为男孩的笨嘴笨舌，以及镜片后面那双真诚的眼睛。

生活中我们会遇到太多客套，生活中我们也会给别人太多客套。问别人早上好中午好晚上好，祝别人健康祝别人快乐，向别人致谢跟别人道歉，等等。我们当然不是虚情假意，但太多时候，我们并不真诚。说那些话的时候，我们表情随意，心不在焉。可是我们并不在意对方的态度，因为我们并不指望对方相信我们的态度。

我在想，假如能让生活里的客套多出一份真诚，那么这世界，也许就会多出几份美好吧？

辑二／娘在烙一张饼

亲爱的，特雷西

母亲为儿子找出一件睡衣、一双拖鞋、两本书。想了想，又找出一个魔方。魔方是儿子最喜欢的玩具，即使闭上眼睛，他也能在极短的时间内将彻底打乱的魔方复原。

儿子二十二岁。儿子非常聪明。二十二岁的非常聪明的儿子要上前线，母亲知道，那里需要的不是睡衣和拖鞋，而是钢盔和子弹。可是母亲还是希望这些东西对儿子有用——战斗与战斗的缝隙里，儿子可以穿上睡衣和拖鞋，然后倚着战壕，读两页书，或者，拧几下魔方。

母亲将这些东西装进一个纸箱。母亲在纸箱上写下：亲爱的，特雷西。旁边的女儿静静地看着母亲，说，您好像还忘记了哥哥的抱枕。

哦，抱枕。母亲说，他会需要吗？

当然。女儿说，您给他寄去睡衣、拖鞋、魔方、他喜欢的书籍，您还可以让他睡得更舒适一些。

母亲就笑了。她将纸箱重新打开，然后，去儿子的卧室取来抱枕。每天早晨母亲都会来到儿子的卧室，有时她知道儿子不在，而有时，她会忘记儿子已经开赴前线。她低唤着儿子的名字，她说，该起床了，特雷西。

抱枕太大，这让她不得不换了一个更大的纸箱。她想当纸箱寄达前线的时候，儿子也许在吃饭；也许在睡觉；也许在站岗；也许，他已经冲出战壕，身边的子弹，如同乱飞乱撞的蝗虫。她重新在那个纸箱上写下：亲爱的，特雷西。这时她看到一位穿着军装的兵走进院子，兵站下，挺得笔直，轻轻摁响门铃。

女儿跑过去。母亲的心，开始狂跳起来。

她听到兵说，我很遗憾……

她听到女儿说，你们一定搞错了！

她听到兵说，我们也希望如此……

她听到女儿发出撕心裂肺的声音。哥！

她听到兵说，对不起……

母亲已经抱起那个纸箱。如果没人摁响门铃，此时的母亲，应该已经走出小院，走上大街。母亲的身体开始抖动，纸箱跌落地上，人跌落椅子。她用手捂住脸，整个人都在战栗。然后，很久以后，母亲站起来，重新抱起那个纸箱。

她挤过她的女儿。女儿坐在沙发上，手里捏着一张早已被泪水打湿的讣文。母亲扫了一眼，她看到那个令她日夜牵挂却是肝肠寸断的名字：

特雷西。

她挤过大兵的身体。她冲他凄然一笑。她说，谢谢你。

请相信，我同您一样悲伤。大兵挺挺身体。

母亲再笑笑，走出小院，走上大街。天气很晴朗，阳光很明媚，街上很热闹，城市很繁华。母亲抱着纸箱，一直走，一直走，一直走。终于她将纸箱重新放上桌子，她对面前的大兵说，我想给我前线的儿子，寄一个包裹。

兵看看纸箱上的名字。兵扭过头去，跟另一个兵悄悄耳语。兵转过头来，对母亲说，您确定吗？

母亲说是的。我想给他寄去一件睡衣、一双拖鞋、一个魔方、两本书，还有一个抱枕……

可是太太，我知道这很残忍，但我仍然想很遗憾地告诉您，您的儿子他……

别跟我说这些。母亲低了身子，求你，别跟我说这些。我只想给他寄一个包裹：一件睡衣、一双拖鞋、一个魔方、两本书，还有一个抱枕……

兵盯着母亲，母亲一头白发，一袭黑衣。兵咬了咬嘴唇，兵说好。好的，您可以再检查一遍您儿子的名字。他是叫特雷西吗？

特雷西。亲爱的，特雷西。

兵收下纸箱，在一份表格上恭敬并且郑重地写下：亲爱的，特雷西。兵抬起头，立正，然后，为素不相识的母亲，缓缓地行一个标准的军礼。

特雷西的单车

特雷西是母亲的儿子。

外乡人来到母亲的花园，见到那辆单车。单车拴在一棵树上，那棵树很细，很矮。看得出树刚栽下不久，也看得出单车刚买不久，近似没有骑过。外乡人向母亲讨一杯水，慢慢喝着，与母亲讨论着刚刚打响的战争。临走时候，她问母亲，谁的单车？母亲说，特雷西。特雷西的单车。特雷西是我的儿子。外乡人不说话了。刚才，母亲跟她说过特雷西。

特雷西是妹妹的哥哥。

妹妹坐在花园的秋千上，母亲坐在她的身边。妹妹对母亲说，我想有一辆单车。母亲说，战争没完没了地打，面包都开始限量供应，哪还能买到单车？妹妹看看拴在树上的单车，那棵树长高长粗，那单车变得破旧。她说这单车再不骑的话，就再也骑不了了。母亲说可是这是特雷西的单车。妹妹不说话了。那是哥哥的单车，她不能碰哥哥的东西。

特雷西是易羞的男孩。

男孩闯进花园，见到那辆单车。单车锈迹斑斑，车轮开始扭曲。单车拴在树上，那棵树更高更粗。男孩有些好奇，问，这是谁的单车？她说，特雷西。特雷西的单车。特雷西是我的哥哥。男孩说再不取走单车的话，它要长到树里面了。她说母亲说过，谁也不能动特雷西的单车。男孩不说话了。他听母亲说过特雷西。他知道特雷西是一个易羞的男孩。但他头一次知道，易羞的特雷西还有一辆几乎没有骑过的单车。

特雷西是外甥的舅舅。

男孩仰起头，看着那棵树。树很高，枝叶繁茂。单车被树干挤得变了形状，一部分深深杀进树干。男孩问母亲，为什么要把单车拴到树上？母亲说，单车是特雷西拴上去的。男孩说，特雷西就是舅舅吗？母亲说，特雷西就是舅舅。他把单车拴到这里，谁都不能动。男孩上前，摸摸单车。他被烫了一下。似乎那辆单车刚刚被人骑过，尽管它已变成一堆废铁。

特雷西是一段往事。

战争早已结束，城市早已重建。现在，一条公路需要穿过花园。她带着来人，来到树旁。现在单车悬空，完全嵌进树干，似乎是从树里面生长出来的。来人问她，谁的单车？她说，特雷西。我哥哥特雷西。来人说，可是这条公路需要穿过花园。她说，不行。特雷西的东西，谁也不能动。她给来人讲特雷西的故事，一点一点，时间回到从前。来人上前，摸摸单车，叹一口气，说，我会转达您的建议，夫人。

特雷西只是一辆单车。

两年以后，公路修好，却小心地绕开了那棵树。树的周围多出一圈围栏，围栏上挂一个木牌，上面写着：特雷西的单车。下面，两行字：

1914年，男孩把自行车锁在这棵树上，就去参加战争了。从此以后，他再也没有回来。这男孩就是特雷西。

这男孩就是特雷西。他在战场上死去，在参加战争一个月以后。母亲得知这个消息的时候，女儿还很小，单车还是新的。除了这辆单车，特雷西没有留下任何东西，包括遗体和骨灰。甚至，当他的母亲死去，世上再无人记得他的模样。

现在的特雷西，只是一辆长到树里的单车。

十 字 红 唇

她的唇形很美，唇色很艳。这样完美的双唇根本不需要口红，可是临行前，她还是将口红揣进行囊。

她只有十九岁。十九岁的女孩，喜欢一切美好的东西。

包括特雷西。

第一次见到特雷西，是在战地医院的帐篷外面。特雷西躺在担架上，静静地凝望天空。他的腹部有一条很长的伤口，他的一条腿正在快速地抽搐。麻药已经用完，一条咬在嘴里的毛巾充当了临时麻药。尽管医生的动作很轻很快，尽管特雷西一声不吭，却还是将指甲抠进她的手心。她能够理解那种痛，体会那种痛。她劝自己说，她是一名护士，她愿意陪每一名士兵一起痛。

特雷西被送回后方，她开始想他。她想他可能会回到祖国，得到三个月甚至半年的假期。可是一个月以后，她再一次见到他。他仍然躺在担架上，但这一次，他凝望的是她。他的耳朵里流出黑色的血，他的鼻孔鼓起一个又大又圆的血泡，可是他在冲她微笑。手术时仍然没有麻药，她仍然紧握了特雷西的手。然而这一次，特雷西深抠进去的，是自己的手心。

就这样相爱了。战争中，相爱是最艰难，也是最容易的事情。

特雷西亲吻过她，在他即将回到前线的头天晚上。他们躲在帐篷后面，伴着远方零星的枪声，献出各自的初吻。他把她放倒在臂弯里，伏下身体，表情专注。她闭上眼睛，脖子后仰，下巴抬起，双唇霎时滚烫。那一刻战争似乎结束，那一刻，他们站在花园里，阳光很好，天空湛蓝，他们的周围摆满鲜花和香槟酒。然后，远处的枪声开始密集，大战一触即发。

特雷西告诉她，他们将在凌晨时分发起全面进攻。当信号弹升起，他们就会扑出战壕，杀人或者被杀，只管往前。他说他知道敌人的重机枪排在那里，没有了坦克的掩护，他们将会被打成筛子。

她说，假如你受伤，我会握紧你的手。

他说，有麻药吗？

她笑。

我等你。她说。

她掏出口红，将双唇抹得鲜艳。这是口红最后一次履行口红的使命，下一次，口红就不再是口红。或者说，下一次，口红将被赋予新的使命——她将用口红在那些尚有生还希望的伤员前额上画一个"十"字，然后，他们被其他护士迅速抬进帐篷，等待在手术台上醒来或者死去。那些额头上不见"十"字标记的，则会被彻底放弃。她跟他说这些，他仍然笑。他笑了很久，突然刹住。他说，我憎恨战争。

凌晨说到就到。不断有士兵被担架抬回来，她不敢看他们，她不得不看。她从伤兵们的面前走过去，留下一个或者两个红色的"十"字，未及休息，下一拨受伤的士兵又被送来。有些士兵已经死去，有些即使暂时还活着，也没有了医治的必要。他们极有可能在下一分钟死去，在下一秒钟死去，现在他们不需要医生，只需要祷告。

她怕见到特雷西，她怕他非死即伤；她怕见不到特雷西，她怕他早已阵亡。她知道死亡是战争的必然，活着才是奇迹。这样想着，又一批伤兵被送过来。她闭上眼，睁开眼，闭上眼，睁开眼……她在每一秒钟里度日如年。

黄昏时分，她终于见到特雷西。特雷西躺在担架上，躺在晚霞里，静静地凝望天空。尽管他淡褐色的眼睛睁得很大，但他双眸无光。他的身体上布遍了洞，他真的被打成了筛子。凝固的鲜血让他与军装长到一起，现在的他，坚硬并且脆弱。

她抓住他的手，指甲抠进他的手心。他似乎死去多日，甚至死去在战争以前。她开始哭泣，祷告，她想起鲜花与香槟酒，墓地与灵柩。然后，她跪在他的面前，用口红，用颤抖的手，在他的额头上，写下一个清晰的"十"字。

娘在烙一张饼

娘在烙一张饼。

面是头天晚上发好的，加了鸡蛋，加了糖，又加了蜂蜜。面不多，缩在盆底，娘将它们拍成光溜溜的面团。娘的黑发如瀑布般一泻而下，在家里，无人时，娘的黑发永远如瀑布般流淌。娘眉眼精致，嘴唇鲜艳；娘面色红润，手臂如同光洁的藕。娘将面团从瓦盆里捧出，小心翼翼地，端着，看着。眼睛里，刮起湿润温暖的风。那时候还没有儿，那时的娘，刚刚嫁给了爹。面团柔软并且韧道，娘轻哼一首曲子，手脚麻利。娘不时抬头，瞅一眼窗外，窗外下了小雨，淅淅沥沥，春意淋湿一切。想起爹，娘红了脸，额头渗出细密的汗，又在心里嗔怪一句，又哼起歌——那样强壮的男人，人前人后，犹如一头公牛。现在爹下地去了，娘要为他，烙出一张好饼。

擀面杖轻轻滚动，一张饼有了形状。那是椭圆形的饼，轮廓清晰圆润，散着蜂蜜和鸡蛋的香。娘想了想，又操了筷子和剪刀，饼面上压划出美丽的花纹。那些花纹错综复杂，就像竹席，就像梦境，就像山野，就像逝去或者未来的年月。娘的长发如瀑布般流淌，只是那瀑布之间，隐约可见几点闪亮。娘用袖口擦一把汗，娘对儿说，烧把火吧！……用软柴。软柴是烙饼最好的柴火：稻草、苞米衣，或者麦秸。灶火映红娘的脸膛，娘表情生动。娘盯着灶火，拍拍儿的光脑瓢，说，再软一点儿。火苗舔着锅底，外面大雨倾盆。夏天的雨说来就来，爹像一棵树，守着河，守着堤。全村的男人都在守堤，大雨里河堤摇摇晃晃，大雨里男人摇摇晃晃。大雨让娘有些不安，娘在锅底，细细地刷一层油。

娘把饼翻起，娘看到金黄的颜色。娘笑了，眼角和嘴角的细小皱纹随之扯动。娘嘱儿把火烧得再软一点儿，娘说，别让饼糊了花纹。说话时娘轻轻地咳，娘抬手掩了嘴，娘的身体不再笔直。娘被饼烫了手，娘把手指躲到耳后，嘘嘘有声。娘说准是你爹又念叨我了……你爹念叨我，饼就烫了……火再软些。儿把头深深埋下，儿看到灶膛里跳跃的火苗。儿还看到他漂亮的皮鞋，漂亮的领带，漂亮的下巴和眼睛。这一切全因了娘——皮鞋与领带，下巴和眼睛，全因了娘。娘将饼再翻一个个儿，一张饼变得香气浓郁。娘说你爹一会儿就回来，我得为他烙一张好饼。秋天的果园果实累累，那是爹和娘的果园，娘说她在家里，就能闻到苹果的香。娘看一眼窗外，娘看到大雁、天空、落叶和风。

面是头天晚上就发好的，加了鸡蛋、糖、蜂蜜和唠叨。娘说你爹最爱吃饼，一辈子都吃不够。娘说你爹的吃相，就像圈里的猪。娘抿起嘴笑，将饼翻一个个儿，饼即刻金黄诱人。娘掉光了牙齿，娘的牙齿，再不会属于娘。娘抬起手，随意抹一把，就抹出一脸皱纹。娘看一眼窗上的冰花，看一眼窗外的大雪，看一眼胡须浓密的儿，娘说天太冷，你爹冻坏了吧。娘不停地咳，不停地咳，娘轻轻跺着脚，动作迟缓并且僵硬。娘拿出饼，细细看；娘把饼翻过来，再细细看；再翻过来，再细细看。娘笑了，笑出满头银发。娘开始喘息，愈来剧烈，为一张饼，娘耗尽所有气力。娘将饼捧进饭筐，说，给你爹送去吧！说完娘咳出一点儿血，红梅般落上衣襟。然后，娘坐上凳子，搓搓手，看儿恭恭敬敬将饼，摆放灵位之前。

娘在烙一张饼。娘一直在烙那张饼。

枪口上的小花

　　他知道这样不好。可是他喜欢这样。

　　他喜欢将一朵淡蓝色的小花，插进他的枪口。

　　他们一直驻扎在战壕。——真正的驻扎，整整半年，吃在那里，睡在那里，警戒在那里，思乡在那里。战壕又深又宽，兵们横七竖八地睡着，如同古墓里复活的全副武装的干尸。战壕前方，空旷的原野一览无余。草绿得失真，花开得灿烂，土拨鼠从洞穴里探出憨厚的脑袋，野兔红色或者灰色的眼睛机警地闪动。一切那般宁静美好，看不出任何战争的迹象。可是他们不敢离开战壕半步，长官说，对方的狙击手藏在岩石的缝隙里，藏在土拨鼠的洞穴里，藏在草尖上，藏在花粉间，藏在尘埃中，藏在阳光里。狙击手无处不在，他们是死神的使者。

　　他不相信。他不敢不相信。每一天他们都高度紧张，然战争迟迟不肯打响。

战壕的边缘，开满蓝色的小花。花五瓣，半透明，花瓣淡蓝，花蕊淡黄，花蒂淡绿。小花晶莹剔透，如同巧匠精雕细琢而成。他探出脑袋，向小花吹一口气，花儿轻轻摇摆，淡黄色的花粉飘飘洒洒。蜜蜂飞过来了，嗡嗡叫着，捋动着细小的长满绒毛的腿。他笑了。他不知道小花的名字。他想起故乡。

故乡开满这种不知名的小花。初夏时，整个草原和整个河畔，全都是蓝的。有时候，他和她手拉手在花间奔跑，笑着，闹着，一起跌倒在地，让淡蓝的影子轻洒全身。还有时候，黄昏，他坐在木屋前，看她款款走来。她的头发高高挽起，两手在阳光下闪出微蓝的光芒。她提着长裙，赤着脚，脖子优雅地探着，长裙上落满淡蓝色的小花。她朝他走来，走来，越来越近，越来越近。天空掠过浮云，炊烟升起，一头牛在远方唱起低沉并且深情的曲子。

一切那般美好，看不到任何战事的迹象。可是战事还是按时到来，他应征入伍。他迷恋草原，迷恋木屋和那些淡蓝的花儿，迷恋她美丽的下巴和半透明的淡蓝的手。可是他必须入伍，从一个草原抵达另一个草原。潮湿的战壕里，他盯住那些小花，如同盯住她湿润的眼睛。

他将小花小心地摘下，小心地插进枪口。小花在枪口上盛开，蜜蜂嗡嗡飞来，绕着花儿盘旋。他笑。他冲小花吹一口气，小花轻轻抖动。淡黄色的花粉，纷纷扬扬。

长官不喜欢他这样做。长官说枪不是花瓶，枪的唯一作用，是杀人。他知道。可是他喜欢那些小花，更喜欢小花将枪口装扮，将战壕装扮。他从战壕里探出脑袋，他看到海洋般的小花终将草原覆盖。没有狙击手。他看不到。

长官说，再这样做的话，把你送回家。

家乡有和蔼的奶牛、笔直的炊烟、淡蓝色的小花和小花般芬芳的她。他想回家。可是，他不能回家。

每一天，趁长官不注意，他仍然将小花插进枪口。夜里他抱着开花的步枪睡觉，梦里花儿开满全身。他幸福得不想醒来。

他必须醒来。他们终于发现了敌人。十几个人趁着夜色，爬行在淡蓝色的花丛之间。他们拖着长长的步枪，头盔涂抹成花朵的蓝色，眼神充满恐惧和令人恐惧的杀气。长官冲他摆摆手，他起身。长官再冲他摆摆手，他将枪口捅进射击孔。长官又冲他摆摆手，他的枪口，便瞄准了离他最近的头盔。这动作他和长官演练过很多次，只要他扣动扳机，对方的头盔就会多出一个圆圆的小洞。死去之前对方甚至连轻哼一声的机会都没有。他百发百中。

他在等待最后的命令。

他看到枪口的小花。

他愣了一下。

刚才他将小花忘记。因为紧张，因为恐惧，更因为兴奋。他该将小花摘下，轻轻插进口袋，然后，端起枪，向敌人瞄准。——那么美丽的小花，半透明，花瓣淡蓝，花蕊淡黄，花蒂淡绿；那么美丽的小花，如同娇嫩的姑娘。小花将会被射出枪膛的子弹击得粉碎或者烧成灰烬，这太过残忍。

他的嘴角轻轻抽动。

长官的手向下劈去。他扣动了扳机。可是他迟疑了一下。或许一秒钟，或许半秒钟，或许四分之一秒钟、八分之一秒钟……他迟疑，然后，扣动扳机。可是晚了。他听到一声极轻的闷响，他的眉心，多出一个散着淡蓝色青烟的小洞。

他念一声，小花。那是故乡的名字，也是姑娘的名字。

情　无　赝

那把执壶一直跟随着他们。

四二年逃荒，爷爷把什么都扔了，包括那把壶。一路上九死一生，待回来，壶仍然躺在自家院子，染满尘埃。擦擦，釉黑，斑蓝；敲敲，音色沉美。"文革"时被抄家，家里被砸得稀烂，父亲挨斗回来，竟从一堆碎片里找到它。擦擦，釉彩灵动；敲敲，声如骨牙。到后来，连唐钧都怀疑，到底是执壶逃过两劫，还是执壶帮他们一家人逃过两劫。

其实那时，唐钧和父亲都没有料到一把壶能值这么多钱。尽管如此，父亲还是将它看得比生命还重。

壶是老祖宗留下来的。时间越久，越有感情。

可是现在父亲病了，很严重。他需要一笔钱。

唐钧就想到了执壶。

与妻子商量，妻子说，卖掉执壶，等于要了爸的命。唐钧说，也许卖掉执壶，能救爸的命。妻子说，能保证不让爸知道？唐钧说，不告诉他就行。妻子说，你以为能瞒过去？唐钧长叹一声，说，能瞒多久，就瞒多久吧。

唐钧找到朋友，说他有意出手那把执壶。朋友听了，眼珠子就直了。

朋友也许比父亲更喜欢那把壶。朋友是小城有名的收藏家，他知道一把品相极佳的执壶的价值。几年前他曾有意买下这把壶，却被唐钧的父亲骂了一顿。

真打算出？朋友问。

真打算。唐钧说。

老爷子同意了？

同意了。

拿来！价钱好商量。

壶就卖了。唐钧查过很多资料，这绝对是一笔对得起这把壶的价钱。现在父亲住进医院，他不知道父亲还能不能熬过来。熬过来，他欠着朋友一份情；万一熬不过来，他想用这笔钱带父亲到处转转。之前，父亲一直想去一趟西藏。

可是父亲突然很想看看那把执壶。

你哪来这么多钱？父亲问他。

借的。

我怀疑你把它卖了。病床上的父亲说，这几天，我总是心神不宁。

壶在家里呢。他低着眼睛，不敢看父亲的脸，您那么喜欢它，我不会卖掉它的。

我想看看壶。父亲固执地说。

没办法，唐钧只好再一次找到朋友。朋友说，君子不夺人之爱——

要不这样，壶你拿回去，钱你送回来。唐钧只得把父亲病重的事情跟他仔细说了。朋友想想，说，君子不乘人之危——还可以这样，壶你拿回去，钱算我借给你的。你给我补张借条就行。

最终，唐钧既没有给朋友补一张借条，也没有把壶拿回去。不过他捧回了一把执壶的赝品。他问朋友，这样行吗？朋友说，相信我，别说你爸，就连业界专家，都很难分辨出来。

父亲捧着壶，细细地看，笑了。是咱家那把！他说，看来你果然没有说谎。唐钧笑笑说，祖宗传下来的宝贝，我怎会卖掉呢？心里，却隐隐地痛。

再痛，也认为自己做得没错。他不否认执壶的价值，但他还认为，无论什么样的无价之宝，在父亲的生命面前，都不值一提。

父亲没能熬过来。但父亲安然地死去，几乎没有痛苦。

父亲走后第九天，他将执壶还给朋友。朋友细细看过，擦过，小心地把壶收起。唐钧问他，哪弄来的赝品？朋友说，这不是赝品，这就是你卖给我的那把执壶。唐钧有些吃惊，忙问，为什么不弄个赝品？朋友笑笑说，你父亲对这把执壶的感情这样深，假如真是赝品，我相信他一眼就能够看出来。他虽非专家，但是自家的东西，他绝不会看错。

不会吧？唐钧有些不太相信。

找个世界上最像你的男人冒充你，你认为他能不能看出来？朋友说，当他发现你拿了赝品给他，他会怎么想？或许直到离去，他都不会安心。

可是万一我把它弄坏了呢？磕了，碰了，或者不小心打碎……

我相信你肯定不会。朋友笑笑说，在你心里，只要父亲喜欢，哪怕它是赝品，也价值千金，需要小心呵护……

万一我发现它不是赝品，死不认账呢？难道你不怕我昧下它？

你肯定不会。认识这么多年，我对你的这点信任还是有的。朋友笑着说，这世上还有什么比一个儿子的孝心更有价值呢？花瓷无价，艺术无价，历史无价，但更无价的，其实是我们的亲情、爱情、友情……为一把壶，你会这样做吗？

请 求 支 援

你决定成为一名剑客，行走江湖。你认为时机恰好。

你的剑叫作残阳剑。这柄剑威力强劲，你可以同时斩掉十五名顶尖高手的头颅。你的独门暗器叫作天女针。你面对围攻，只需轻轻按下暗簧，即刻会有数不清的细小钢针射向敌手，状如天女散花。天女针一次可以杀敌八十，中针者天下无解。

靠着残阳剑和天女针，你打败了飞天燕，杀掉了钻地鼠，废掉了鬼见愁的武功。他们全是江湖上一顶一的高手，他们全是杀人不眨眼的黑道魔头。从此你声名大振，投奔者众。

现在你拥有一支军队，占有一座城池。你的军队勇士五千，良驹八百；你的城池繁华昌盛，鸡犬相闻。

你不停地和道上的兄弟签署着攻守同盟。你还和神枪张三、铁拳李四、一招鲜王刀结拜成兄弟。你们肝胆相照，荣辱与共；不求同日生，但求同日死。

所有的一切都是那么美好。你招兵买马，筑固城池。似乎四分五裂的天下不久之后就将统一，你将成为万人瞩目的头领或者君王，你将拥有无涯江山、无尽财富、无穷权力、无数美女。你沉浸在难以抑制的兴奋之中，你常常会在梦里笑出了声。

可是，鬼见愁突然杀了回来。

其实那天你并没有完全废掉他的武功。那天你有了小的疏忽。鬼见愁凭着多年的武功造化医好了自己，又用三年时间练就了一门邪道武功。现在他率精兵五万，包围了你的城池。

敌十倍于你，你并不害怕，因为你的勇士们个个以一当十。

你的五千勇士扑出了城。你试图将鬼见愁的五万精兵一举歼灭。你甚至想晚上就可以用鬼见愁的脑袋做成一个马桶。可是你很快发现自己犯下一个错误。——鬼见愁的五万精兵，完全以死相拼。他们踏着同伴的尸体往前冲，极度疯狂。你砍断他的矛，他会用拳头打你；你砍断他的胳膊，他会扑上来撕咬你的咽喉；你砍断他的脖子，他还会在倒下去的一刹那，用脚踢一下你的屁股。尽管你的五千勇士个个骁勇善战，可是最后，他们不得不退了回来。

五千勇士，只剩三百。

鬼见愁精兵五万，尚有八千。

你关了城门，开始求援。

你给神枪张三飞鸽传书，让他速来救你。几天后你得到消息，神枪张三早被一无名剑客杀于某个客栈。

你千里传音给铁拳李四，让他速来救你。铁拳李四回话说，现在我也被围，自身难保，如何救你？

你在城墙上放起求援的烟火，这烟火只有一招鲜王刀才能看懂。一会儿王刀放烟火回答你，他说，我正在攻城略池，无暇管你。你好自为之。

无奈之下，你计划弃城。你已经管不了城里百姓的死活。现在你只想自己逃命。

夜里你率剩下的三百勇士突围。那是一场惨烈的战争。你挥舞你的残阳剑斩下无数头颅。你的天女针霎时消灭掉鬼见愁八十名贴身保镖。可是当你抬头，你突然无奈地发现，现在，你只剩下一名勇士，而鬼见愁，尚有精兵一百。

你的天女针已经射完最后一根钢针，现在它成了废物。

你的残阳剑已经卷刃并且折断，现在它不如一把菜刀。

你和最后一名勇士逃回了城。鬼见愁甩手一镖，你的勇士就倒下了。倒下前他为你紧闭了城门。他忠心耿耿。

鬼见愁将城围起，不打不攻。他想将你折磨致死。

其实鬼见愁只剩士兵一百。你只需再有一把残阳剑，再有一管天女针，就可将他们全部消灭。可是现在你没有了武器，也没有了士兵，更没有了兄弟和朋友。你呼天天不响，叫地地不应。

等待你的，只有死路一条。

最后一刻，你终于想起了你妈。

你向你妈求援。

你妈六十多岁。

你妈是一位农民。

你妈连鸡都不敢杀。

你给你妈打电话，你说学校又要收学费了，五百块。你妈说，好。我马上照办。

你命令不了别人。你可以命令你妈。

你用这五百块钱给你的游戏卡充值。你重新为自己装备了残阳剑和天女针。你单枪匹马冲出城外，将鬼见愁和他的精兵杀个精光。

你保全了自家性命。你还可以行走江湖，招兵买马。

即使在虚拟世界里，最后一位给你支援的，也肯定是你妈。

穷 人 节

去某国某地旅游，恰好遇上当地的穷人节。穷人节？仅这名字，就令人顿生好奇，倍感亲切。

穷人节的主要节目，便是扭秧歌。我想这也贴切，我生活的那个城市，有钱人去歌厅舞厅，去酒店健身房，穷人们随便找个广场，大喇叭一响，秧歌扭起来，倒也自娱自乐。看来秧歌并非是中国穷人的专利，全世界无产阶级都喜欢扭秧歌，只是动作稍有不同罢了。

秧歌队扭过来了。队伍的最前面，几百名流浪汉腰扎彩带，头系红绸，组成整齐的方队，声势浩大。也难怪他们高兴，流浪汉终于得到重视，迎来属于自己的节日，怎能不开心呢？更何况，最为关键的是，当秧歌扭完，每人都能够得到一杯免费的热咖啡。

紧随流浪汉的第二方阵，便是我们常说的穷人。他们的方阵最为复杂，有待业者、失业者、工薪阶层，也有破产企业主。可是不管如何，从穿戴上，一眼便能看出他们是穷人。比如某人穿了件名牌上衣，裤子却是地摊货；比如某人虽然一身名牌，但鞋子只值十块钱；比如某人穿着一套价值不菲的西装，却只系着三块钱的裤带。更重要的是，他们全都操着一种"贫穷"的表情。那表情卑微、低下，恰到好处地证明着一种身份。总之，一个人的贫穷是掩饰不了的。还好这个城市的人们并没有掩饰，一万多人的巨型方阵，便是证明。

然后，便是由白领和小商人组成的方阵。我想他们应该属于这个城市的中产者，怎么也把自己当穷人呢？拽住一个问了，那人说，什么中产者？我们穿不起大名牌，吃不起大酒店，开不起好车子，买不起大房子，我们是城市真正的穷人！我告诉他，前面两个方阵里，有人甚至吃不饱饭，你跟他们比，算是富翁了。他听了，反驳说，我可不这么看。何谓穷人？买不起想买的，得不到想得到的，便是穷人。说完，头也不回，扭着屁股往前冲。

再往后，我就彻底看不懂了。如果说第三个方阵还勉强算得上穷人方阵的话，那么组成第四个方阵的那些人，一看便是成功人士。他们的方阵大概有二百多人组成，多大腹便便，仪表堂堂，穿戴讲究。甚至，方阵里，缓缓行驶着很多名牌轿车。这让我很是纳闷，穷人节，你们来凑什么热闹？

我混进他们的队伍，三扭两扭，很快跟一位戴了十个钻戒的中年男人混熟。我问他，难道您也是穷人？他一边扭，一边点点头。我说可是您看起来很阔绰啊！他说看起来很阔绰？当然，我有一个很大的公司，固定资产上千万，光轿车我就有十几辆，看起来的确很阔绰。可是你不知道，我公司的贷款和欠款加起来，足有三千万之多啊！我说那就是说，你不但不是千万富翁，还是两千万"负翁"？男人点点头，扭得更欢。

看来，这个方阵里的所谓的成功人士，远比前几个方阵的人更像穷人。

可是接下来的由不足百人组成的方阵，却是真正的富翁。我问过几个人，他们的净资产，大多超过几千万。这就很奇怪了，他们是这个世界真正的富人，他们应该过富人节而不是穷人节啊？将不解跟其中一人说了，笑笑说，仅从资产上说，我们的确算得上富人，可是，我们缺的是自己的时间啊！

缺时间也算穷人？

当然。他说，你们可以喝闲酒，聊闲天，可以逛公园，看电影，可以用一个下午的时间喝掉一杯咖啡，读完一本书，我们呢？我们恨不得把自己劈成两半来用，把一分钟掰成两分钟来用，我们努力工作，拼死拼活，到头来，为了什么？还不是为了成功？可是真成功了，却失去了人生最宝贵的从容。还有很多人，甚至因此失去家庭，失去朋友，我们连最宝贵都失去了，你说，我们不是穷人，又是什么人呢？

我并不完全赞同他的话，因为我不熟悉富翁的生活。然而我刚刚退出"穷人富翁"方阵，秧歌队伍的最后一个方阵便闪亮登场。那是最为奇异的方阵，他们表情各异，穿戴各异，甚至有人光着膀子。再细看，竟能从他们的脸上看到工薪阶层的影子，白领阶层的影子，单位领导的影子，无业游民的影子，百万富翁的影子。很显然他们没有按照要求站到本应属于他们的方阵里，他们彼此开着粗俗的玩笑，有人甚至大打出手。

我小心翼翼地跟一个看似领导的男人搭上话。

您是穷人？

我是穷人！

您为什么这样看？

我不知道！

不知道？

不知道！但我就是感觉自己是个穷人！说到这里，他骂出一句粗话，吐出一口黏痰。那口痰正好吐到旁边一个光着膀子文着刺青的年轻人身上，年轻人骂骂咧咧，冲他晃晃拳头。他二话不说，冲上去就是一脚，两个人便扭打起来。

他不知道为什么感觉自己是个穷人，但是我知道。他们成功或者不成功，有钱或者没钱，有地位或者没地位，有时间或者没时间，有文化或者没文化，都无关紧要。重要的是，他没有素质——做人最基本的素质——我想这个方阵里的人都是如此。那么，他们是这个城市里，彻头彻尾的穷人。

我想告诉你的是，这个秧歌队伍，由两万五千人组成。而这个城市，区区两万五千人。

我只是游客，不是小城居民。然那天，我想也许，我也该跟随他们的队伍，扭一把穷人节的大秧歌。

入 侵 者

这是我们的土地，我们的母亲，我们愿意用生命将她捍卫。

话是王说的。对他的勇士，对他的百姓。

王的土地，安静并且富庶。田野、炊烟、流水、教堂，古老的王国，一成不变。王的百姓世代生活在这里，劳作、歌唱、抚琴、舞蹈，信仰独属于他们的神灵。王和百姓都认为这里永远不会遭到侵犯，然入侵者还是杀来。十万武装到牙齿的异族骑兵轻而易举地拿下王的北方小镇，然后一路往南，逼近都城。王匆忙集结的队伍不堪一击，从前线逃回来的士兵告诉王，这不是战争，这是屠杀。王点头，表示同意，然后，摆摆手，兵就被处死了。王不会放过任何逃兵，王的土地上，绝不允许贪生怕死之辈。

王派出他的第二支队伍，然后，第三支庞大的队伍开始集结。第二支队伍是去送死，士兵们唯一的任务，是将敌人尽可能拖住。第三支队伍才是真正的队伍，王不仅亲自挂帅指挥，还押上王国的所有：最精良的武器，最坚固的铠甲，最强壮的战马，最充足的粮草，最勇敢的士兵，最严明的军规……

如王所料，第二支队伍全军覆没。可是他们将敌军拖住整整十天，十天时间里，敌人没有前进一步，王的第三支队伍却已经开赴前线。战斗极其惨烈，所有人都知道，假如战败，他们会失去生命，他们的父亲和孩子会沦为奴隶，妻子会受尽凌辱……更为可怕的是，他们将会失去祖先留给他们的土地……

战局在第五天开始扭转。王的队伍终于不再撤退，他们将敌人死死扛在河的对岸。这不但是王的功劳，士兵的功劳，更是百姓的功劳——孩子们为锻造兵器的铁匠拉起风箱，姑娘们为受伤的士兵包扎伤口，妇女们赶制着冬衣，老人则跪倒在神灵的塑像前，默默为每一名士兵和每一寸土地祈祷……

半个月以后，敌军开始撤退；一个月以后，敌军开始溃败；两个月以后，仅余的三万异族骑兵被困山谷。此时战局明朗，王只需一场大胜便可将敌军彻底消灭。夜里，王召来他最博学并且最信赖的谋士，王想采取一种最稳妥并且代价最小的方式。

可是我们不必将他们杀干净。谋士说，我们只需要将他们赶走……

他们是入侵者。王握紧拳头，我绝不会让任何入侵者活着离开我们的土地！

可是代价太大。谋士说，如果将他们全都消灭，我们至少还会牺牲三万名年轻人……

为了最终的胜利，战至一兵一卒又有何妨？

可是王，您知道异族为何会突然侵犯我们吗？

因为他们看上了我们的土地。

也许是这样。不过他们似乎认为，这土地也应该属于他们……

无稽之谈！王说，我们世代生活在这里，并让这片荒蛮之地变得美丽并且富饶。他们为这片土地做了什么？他们不但什么也没有做，并且发动战争，屠杀百姓……

可是王，您真的要不惜一切代价吗？

我说过，我已经决定了！王抡起拳头，将木几捶得"咚咚"有声。

王与谋士，最终决定挖一条暗道。暗道从小镇开始，一直延伸到山谷。然后，王的五千死士会突然出现在敌军的阵营，烧毁他们的营房，捕杀他们的首领，让他们措手不及。王和谋士将这次行动称之为"天衣"，将这条地道称之为"卫国暗道"。

清晨，"卫国暗道"开始动工。几百名志愿者轮流挖掘，进度惊人。可是挖到接近山谷的地方，他们遇到了麻烦。数不清的深埋在地下的石碑阻挡了暗道的推进，他们必须在这里，绕一个很大的弯。

他们请示王。王和谋士进入暗道，王被眼前的景象吓呆。

石碑如此之大，如此之多，令王匪夷所思。王推断，多年以前，这里也许是一个古老的广场。王趴上石碑，却看不懂那些碑文。王向谋士请教，谋士只一眼，便说，这些石碑，至少存在了五千年。

怎么可能？王说，我们的王国，不过两千年历史。

这不是我们的石碑。谋士说，这些石碑，属于进攻我们的异族人。

你确定？

我确定。谋士说，我不但确定这是异族人的石碑，并且知道碑文的意思。事实上，尊敬的王，我不得不告诉你，真正的入侵者，其实是我们。

你先告诉我，石碑上写的是什么？

谋士便趴上石碑，一字一顿地念起来：

这是我们的土地，我们的母亲，我们愿意用生命将她捍卫。

山 谷 之 城

　　城不过是几块青石、几堆砂土、几汪清水、几棵杂草、竹筷扮成线杆、西红柿扮成火红的灯笼。城隐在山洞，山洞隐在山谷。那里绿水青山，烟岚云岫。当然，那里几乎与世隔绝。

　　这是男孩的城。男孩建造了自己的城，然后开始规划、管理、整顿和扩张。每天男孩都要钻进山谷，钻进山洞，巡视并扩张他的城。男孩皮肤黝黑，目光烁烁，根根肋骨清晰可见。城让男孩安静、兴奋、忘乎所以，神魂颠倒。男孩为城痴迷。

　　一年前男孩遇见了城。图片上的城。图片上的真正的城。男孩为城的宏伟和整洁惊叹，课堂上，瞪大了双眼，不停咽下口水。那几天男孩茶饭不思，他捧着城的图片，眼睛隐寻进城的深处。城里有路灯，有雕像，有很高的楼房，有很宽的马路，有笔直的线杆和巨大的广告牌，有在广场上散步的鸽子和烫着卷发的七八岁的小姑娘。男孩想象着城，迷恋着城，向往着城。然后，某一天里，男孩发现了那个山洞。

山洞并不宽敞，山洞幽暗无光。男孩举一根蜡烛进去，萤火虫般的烛光竟也映亮洞壁灰黄色的苔藓和洞底暗黄色的地衣。到处湿漉漉黏糊糊，洞的角落也许藏着不怀好意的蛤蟆或者毒蝎。寒气森森，一只蝙蝠从洞的深处飞出，没有羽毛的翅膀拍打出极其连贯的脆响。男孩笑了。他对山洞非常满意。他要在这里建造一座属于自己的城——将城建在这里，绝没有人会发现。那时，当然，他的口袋里，藏着城的图片。

男孩用青石垒出城墙，用土块铺成街道。他在街道两旁栽上代表绿树的青草，那些青草在几天以后变得枯黄。他用树皮充当雕像，用酥土捏成房屋。他用砂子铺成广场，又在广场的中间挖开一个土坑，里面灌上代表喷泉的清水。他在广场上撒满纸叠的鸽子，那些鸽子动作呆板，全是一样的模样和表情。他用瓶盖当成汽车，用枣核当成路灯，用火柴盒当成学校和电影院，用蚯蚓当成疾驰的火车。他的城初具规模，他认为自己是城的国王。

城的国王。他很满意自己的想象。

后来他想，他的城里，还得有居民。

于是他取了黏土，捏成小人。他像远古的女娲，不知疲倦，心怀博爱与虔诚。他将小人排上广场，摆上街道，请进屋子，塞进汽车。他捏了教师，捏了保安，捏了工人，捏了售货员，捏了法官，捏了司机，捏了医生，捏了护士，捏了邮递员，捏了清洁工，捏了警察，捏了作家、画家和科学家……小人们高度抽象和概括，却是各就各位，生机勃勃。城有了色彩，昌盛繁华，他甚至听得到汽车的马达声、学校里的朗诵声、男男女女们的交谈声和欢笑声……

男孩打量着他的城，打量着他的百姓，心情无比愉悦。

男孩每天都在充实他的城。有些依据了图片，有些，则完全依据了想象。图片只是有限几张，想象却天马行空。男孩为他的汽车添上翅膀，为他的雕像穿了衣服，为他的法官配上代表公正的剑和天平，为他的百姓戴上防毒面具和足以识别一切假冒伪劣的银针。男孩让医生们面目慈祥，让警察们高大威武，让官员们一世清廉，让作家们解决了温饱，让混迹于城的农民工，离狗更远一些。

没有人知道男孩的城。村子安静祥和，鸡犬相闻。孩子们把"我们都是木头人"的游戏玩了千年，大人们仍然使用着战国时代发明的镰刀和锄头。有时男孩静静地坐在村头，看奔腾的流云，看连绵的大山。额头上，竟也有了细的皱纹。皱纹隐在过去的日子里，隐在现在的日子里，隐在将在的日子里。皱纹就像山谷，山谷是岁月的褶皱。

男孩陪他的城，正好两年。男孩建造和扩张他的城，正好两年。男孩巡视他的城，正好两年。男孩拥有他的城，正好两年。

暴雨就像瀑布，大山为之颤抖。村子就像汪洋里的树叶，人们惊慌失措。男孩就是在那个午后跑出了村子，跑向了山谷。他是城的国王，他得保护他的城和城中百姓。

男孩终未再见他的城。半路上，他遇到山体滑坡。似乎整座山都压下来，伴随着轰隆隆的声音，男孩赤裸的胸脯感觉到山的柔软、坚硬、无情和寒冷。然后便是黑暗，无边无际的黑暗。然后便是窒息，无休无止的窒息。男孩是站着死去的，他的脸冲向城的方向，双手却举向天空。

村人寻到了男孩的尸体。出现在山谷的男孩让村人大惑不解。后来他们得出结论，他们说，男孩太调皮了。男孩太调皮了，所以冒雨跑进山谷。山谷里什么也没有，山谷只是山的皱纹，落满岁月的尘土。

没有人知道那个山洞，山洞里的那座城。洞口早已被泥石封堵，缝隙不见分毫。或者，即使真有人见到山洞，见到山洞里的城，也不会认识它。城不过是几块青石、几堆砂土、几汪清水、几棵杂草、几只纸鸽、几个泥人、竹筷扮成线杆、西红柿扮成火红的灯笼……

男孩太调皮了。似乎是这样，男孩太调皮了。

世　　　界

　　老人住进宅院，极少出门。宅院是买来的，老人用掉毕生积蓄。

　　老人为院子遮上防雨瓦，院子成为完全封闭的世界。老人出了一趟远门，回来，院里便堆满大大小小的竹根。竹根或膀大腰圆，或亭亭玉立，或气势磅礴，或弱不禁风，老人坐在这些奇形怪状的竹根之间，抽着烟，眯着眼，打量着它们。几天以后，老人开始动铅笔，动斧头，动钻头，动坯刀，动修刀光、敲锤、木锉、锯、砂纸、蜡……老人在院子里忙碌，休息，喝茶，院子是他的世界。

　　孩子们听到声音，从门缝往里看，就惊呆了。院子里多出了山，多出了树，多出了房屋、小桥和牛羊。这一切全是根雕，几乎同样的颜色，竟也层次分明，栩栩如生。老人允许孩子们进来看，却绝不允许打扰到他。有时候，老人凝视着这些根雕，半天不眨一下眼睛。孩子们便怕了，认为老人也成了根雕。

有孩子带他的父亲过来，那男人便也惊呆了。他问老人，您是大师？老人说，我只是个老人。男人说，我几乎认识所有的根雕大师，但我既不认识您，也没听说过您。老人说，我从来就不想当什么大师。男人说，可是您创作这些根雕……老人说，对现在的我来说，这是生活。男人说，以后呢？

其实男人本想说，您去世以后呢？话虽难听，却是实话。从没有人见过老人的亲人，当老人死去，这个宅院和满院的根雕怎么办呢？何况，孑身一人的老人，看起来那样清贫和孤独。

男人给老人介绍了一个老板，事先并未通知老人。老板看了老人的作品，震惊不已。他愿意出大笔钱购买老人的所有作品，甚至还愿意再出大笔钱购买老人以后的所有作品。他认为老人没有不卖的道理。

不卖。老人说。

我知道您清高，不在乎钱，可是艺术品也要示人。老板说，就像现在，闷在这个院子里，艺术品没有知音，也就没有价值。

老人说，它们的价值，不是任人观赏和夸奖。

老板说，如果您觉得钱少，可以再加。

老人说，请不要再打扰我。

说完，老人抬起修光刀，专心地雕刻起一个竹根。他的手腕一下下加着力气，河面上，一叶小舟渐渐浮现。

男人和老板，再也没来找他。他们认为老人是怪物，是完全沉浸在那个封闭并且虚幻的世界里的怪物。他们说老人终会死在宅院之中，死在那些根雕之中，不值分文。老人也终会变成一件根雕吧？他是这个虚幻世界里的王，或者过客。

每一天，老人都在丰富和充实着他的作品。老人的世界，一点点变得完美。然而他的身体越来越差，有时候，即使动两下锉刀，也会喘上半天。

老人知道，他的人生，已近尽头。

老人将最后一件作品摆好，躺下，睡到黄昏，出去，发走一个快递。快递里有一封信、几页纸和一把钥匙，这代表着这个世界的归属。

几天后她来到这里，老人已经离开。老人说他时日不多，不想死在这个宅院。他将宅院和宅院里所有的木雕送给她，他说他愧对她的一生，唯这个宅院和宅院里的世界，能做稍许补偿。

她是带着老伴来的。她和老伴，知晓老人的一切。

老人与她，曾经是夫妻。与很多没有走到尽头的婚姻一样，年轻时，老人犯下过错。这过错折磨着他，让他没有再娶。可是他还爱她吗？不爱她吗？爱她吗？不管如何，他知道，他必须兑现他的承诺。

他曾说过送她一个宅完，宅院里，摆上各种根雕。根雕群就是一个世界，那世界无比安静，无比美好。那时他还是小伙子，跟一位老艺人学习雕刻。他没有忘记这个承诺，可是生活里，有着太多比承诺更为重要和残酷的事情。

比如老人曾经烧掉了她的宅院，以及满满一院子的根雕。老人认为他的承诺被他抢去，他的妻子被他抢去，他得报复。老人入狱多年，第二年开始，每一天，老人都会钻研他的根雕。然后他出来，又用了二十年的时间，终决定兑现他的承诺。

假如生命的最后几年不能兑现承诺，老人知道，他失去的，将不仅是生命。

她与老伴，住到老人送给他们的宅院里。他们在这个虚幻的世界里喝茶，聊天，休息，他们的世界，丰富并且安静。

她知道，现在，她与老人之间，即使没有爱，也不再有恨。

世 间 决 战

决战在即。决战一触即发。

为这次决战，我们准备了两年。

两年时间里，我们一直在锻造一柄举世无双的大刀。

世间所有最先进的技术全被我们拿来用来锻造这柄大刀，纳米技术、航天技术、核技术……

待决战时，大刀将握在我的手中。我是至高无上的将领，我将统率千军。

大刀被按时锻造出来，它寒光逼现，吹锋断发。一柄威力无比的大刀，一柄战无不胜的大刀。

对方也在锻造一柄大刀。他们也用去整整两年时间。

他们也将所有最先进的技术全都用了上去。纳米技术、航天技术、核技术……

大刀锻造成功之时，他们说，那柄大刀，绝对天下无敌。

他们要用这把大刀报仇。报两年以前的仇。两年前他们输给了我们，现在他们求胜心切。我们的决战，每两年一次。

两年一次的决战，世间最惨烈的规模最大的决战，可以解决世间所有争端的决战。

所有争端。你想到的，你想不到的，你可能会想到的，你绝对想不到的……

决战在即。决战一触即发。

我身穿铠甲，肩扛大刀。我的头发在风中飞扬，我胳膊上的肌肉蹦跳不止。刀锋映照夕阳，夕阳将决战前的世界，变成一片浩瀚血海。

战鼓响，身后五千铁甲齐声呐喊。

我的面前站在对方的将士，他强健的肩膀上，同样扛一柄大刀。

大刀坚韧并且锋利，将我们的呐喊齐刷刷削成无数段。

他的嘴角，挂着必胜的微笑。

然而我们都知道，这是决战，容不得半点松懈和马虎。决战包含了太多内容，决战代表着太多东西，决战可以解决所有争端，决战可以决定所有事情。

我大吼一声，大刀突然从肩膀上蹦起。大刀卷起一阵腥风，将一只误打误闯的苍蝇斩成大小均匀的两截。大刀继续向前，抖出凄厉恐怖的颤音。大刀划着残忍的弧线，劈向微笑的报仇者，劈向他迎过来的大刀。

大刀与大刀碰到一起，绚烂的火星四溅。声音惊天动地，掩起双方擂起的战鼓。时间刹那定格不动，对方的大刀瞬间折为两段。

决战便结束了。

两柄大刀相击，便是决战的全部内容。两年时间锻造一柄大刀，只为这一击。

无论我们还是他们，这一击，都足够了。

对方弃刀，抱拳，认负，说，两年后再决战！——所谓的决战，仍然是两刀相击。

我们赢了。他们输了。

我们赢了，却要输给他们锻造大刀的最先进技术。他们输了，却能赢下我们锻造大刀的最先进技术。

我们赢了却输了，他们输了却赢了。这没什么好奇怪，这太过正常，我们和他们，一直这样。这是我们和他们的约定，我们和他们的规矩，我们和他们的道德规范，我们和他们的法律准绳。

并且，两年来的所有问题、所有摩擦、所有芥蒂、所有事端，在将分出胜负的那一刻，化为乌有。

所以，我们所生活的世间，绝不可能是你们所生活的世间。我们的世间，或许只是你们衣橱里的一角；或许你们的世间，只是我们衣橱里的一角；也或许，我们的世间与你们的世间永远不可能重叠或者相逢，我们的世间是存在于平行宇宙的另一个维度；更或许，我们的世间，不过存在于某一粒尘埃、某一首诗歌、某一个音律、某一闪意念……

总之，这不是你们的世间。

可是不管如何，因了你们认定的那种奇异独特的决斗方式和胜负分配，我们与他们，永远没有厮杀，永远拥有所有世间最高超的锻刀技术……

上帝的恩赐

　　荒岛上的土著部落，已经与世隔绝了几百年。

　　某一天，一个土著在海边拣到一个瓶子。普通的酒瓶，已经飘了很远的地方。土著把它捡起来，靠近自己的眼睛，世界变成一片模糊的淡蓝；他把它放到嘴边，吹一口气，瓶子发出短促且怪异的低吟；他把它迎向太阳，地上于是出现一个很亮很圆的小白点，烤死了一只行色匆匆的蚂蚁。

　　土著想，这是什么呢？他不认识瓶子。

　　他把瓶子拿给酋长看，酋长也不认识。但酋长认为这肯定是一个好东西，可以装水，看淡蓝的景物，可以烤死蚂蚁，吹出节奏简单的音乐。特别是瓶子的晶莹透明，瓶子水滴似的小巧造型，立刻让酋长爱不释手。于是酋长用两串贝壳和一个姑娘，跟这个土著完成了交易。

　　从此，酋长无论吃饭，睡觉，打猎，祭祀，都是瓶不离手。瓶子仿佛成为酋长的代表，酋长就是瓶子，瓶子就是酋长。他从不让别人摸瓶子一下，甚至多看一眼也不行。他的举动无疑增加了这只瓶子的神秘。

有一次酋长在丛林中遇到一条巨蟒，巨蟒将酋长缠得很紧，长长的信子拍打着酋长的脸。酋长慌乱之中拿出瓶子在巨蟒的眼前轻轻一晃，巨蟒竟然松开了酋长，逃走了。

这次的蛇口脱险，让酋长认为，这只瓶子肯定具有一种非凡的神力。

恰逢那几年海岛上风调雨顺，没有发生任何灾难。不仅野果结得遍岛都是，连野兽们也仿佛变得温顺。酋长便指着瓶子说，都是因为这个宝物啊！无疑，这是"上帝的恩赐"。

他不再随身携带这个瓶子，而是把瓶子供奉在一个隐秘的山洞里，派人日夜看守。他说这是"上帝的恩赐"啊！这是"镇岛之宝"啊！从此后，它在岛在，它亡岛亡！

久了，岛上的土著们，也就相信了他的话。

一个普通的瓶子，非常自然地，成为岛上居民的图腾。

后来德高望重的酋长死去，新的酋长和他的居民们仍然继续着对这个普通瓶子的顶礼膜拜。一任任的酋长死去，一代代的土著相传，瓶子的地位便日益攀升。很多年过去，人们不再记得这不过是海上飘来一个物什，而是觉得，这宝物与海岛同龄，是上帝在创造这座海岛时，恩赐于他们的。

终于有那么一天，海上飘来一艘大船。船上的人拿着高倍的望远镜，抽着长长的雪茄，提着乌亮的长枪，操着高傲的表情走上了这座海岛。本来他们只想在这岛上休息几天，但他们马上喜欢上了这个海岛。因为岛上不仅有成片的橡胶林，甚至还有人发现了钻石。船上的人欣喜若狂，在商量了半天后，他们决定把这个海岛，据为己有。

他们用手语与海岛上的土著进行着艰难的交流，他们命令土著们离开海岛，或者成为他们的奴隶。当然，如此蛮横无理的要求当场遭到了土著们的拒绝。于是战争开始了。

土著们的作战工具是弓箭和磨了钝尖的木棍，船上人的作战工具是高倍望远镜和射杀力极强的长枪，所以这根本不是战争，而是屠杀。船上的人只用了一天时间，就基本控制了整个海岛。晚上他们把船泊在距海岛不远的海域附近庆功，他们甚至打开了很多香槟酒，喝得大醉。因为他们知道，明天，只需一个上午，他们就会彻底控制整个海岛。

土著们聚在山洞里，听着酋长的祷告。这是那个供奉着"镇岛之宝"的隐秘山洞，也是土著居民的最后一道防线。酋长虔诚地望着那个瓶子，口中念念有词。突然他转过身，狠狠地说，我们一定要把这群野兽赶走！他指着那个瓶子，他说这是"上帝的恩赐"，他会帮助和保佑我们赶走入侵者的！我们要为岛而战！我们要为"上帝的恩赐"而战！然后他对一直站在身后的四十名精壮的年轻人说，准备好了吗？出发！

四十名年轻人，相当于海岛的"皇家护卫队"，他们有着非凡的作战能力。他们裸着上身，脸上抹着怪异的油彩。他们的箭头上淬了剧毒，耳朵和鼻子上挂着华丽的骨环。他们身体强壮，行动敏捷，树上水下，如履平川。他们更不怕死。假如海岛最终失去，或者他们成为奴隶，那么，他们活着还有什么意义呢？

他们企图利用船上人在夜间的疏忽，进行偷袭。他们想夺下他们的枪和望远镜扔进大海，然后把他们杀得精光。假如行动成功，那么，他们将是战争的最终胜利者。

事实上，一百年前，同样的偷袭，曾成功地上演过一次。

借着夜色，他们跳进海里，从水下悄悄靠近了大船。他们一个接一个爬上了船，奇怪的是，船上的人，竟然浑然不知。

船上人做梦都想不到他们会来。此时，他们正聚集在某一间屋子里，对酒当歌。

这是绝好的进攻机会。

酋长带领着他的四十名战士摸到了门外，他摆摆手，四十名战士立刻做好了攻击的准备。然后酋长把门轻轻推开一条缝，他向里面看了一眼，又急忙摆摆手，四十名战士便蹲下来；他再看一眼，再一次摆摆手，四十名战士便撤退了。

那时酋长的眼睛里，竟然充满了无边的恐惧和敬畏。

同来时一样，他们静悄悄地撤走。船上没一个人知道他们曾经来过。船上人更不会知道，他们曾经距离死亡，只差分毫。

其实酋长只需怪叫一声，船上人就将全军覆没。这不用怀疑。

然而酋长却是带着他的四十名战士，逃回了那个山洞。慌慌张张，似已经大败。

他的举动，令他的战士，更令等在山洞里的土著居民，大为不解。

酋长盯着那个瓶子，仍然是虔诚的表情和语气，他说，这是我们的"镇岛之宝"，这是"上帝的恩赐"。但现在，这恩赐已经救不了我们。以后，我们只能做他们的奴仆。

酋长说，我看到，他们正围坐在一起唱歌，每个人的手中，都有一个"上帝的恩赐"。

酋长说，上帝是不会胡乱恩赐的。那么很明显，他们就是上帝。

十里梨花

　　她知道他们一直在较着劲。她知道他们的名字，叫粟，叫锦。

　　她在梨园里见过粟，在斑竹林里见过粟，在老君山和观音寺里见过粟。他们从未打过招呼，她只知他种田，长相英俊，有父亲留下的十里梨园。她经过他的梨园，见他站在似雪的花海之中，她的心即刻柔软，如同梨花织就的云絮。飞出蜂，又飞出蝶，哪怕她离开梨园。蜂和蝶也在，每天绕着她翩翩起舞，让她快乐并且不安。

　　她也在梨园里见过锦，在斑竹林里见过锦，在纯阳观和观音寺里见过锦。锦跟她打招呼，她应一声，提了白裙逃开。她知道锦在身后看她，她知道锦的眼神里充满爱恋。她还知道锦住在县城，做药材和丝绸生意，家族显赫。锦还有一个戏园，没事时，锦喝着茶，眯着眼，听戏台上的女子咿咿呀呀地唱。锦富有、儒雅并且悠闲，县城里几乎所有年轻貌美的女子，都想嫁给他。

梨花开的时候，她又一次在梨园里见到粟和锦。两个人正在下棋，锦占了上风，喝着花茶，优哉游哉；粟满头大汗，苦苦支撑。她捂着嘴笑，却出了声，粟和锦一起扭头，她红了脸，匆匆逃离。却不知是因为粟，还是因为锦。

那天锦心情很好。他在南河边请粟喝酒，又喊来戏园子里的头牌。女子浅浅地吟唱，引来诸多看戏的乡人。女人莲步轻移，长袖轻舞，乡人们便醉了。加上免费的酒，便有乡人蹿上台，唱花脸，唱小生，直把南河变成露天戏园。后来她也去了，被乡邻强灌一点儿酒，又被乡邻强推上台。她大着胆子唱了几句，台下便静了，锦便痴了。锦看看头牌，头牌垂了头，略显尴尬。——假如她去到戏园，头牌的位置，便非她莫属了。

她一直喜欢听戏，无人时，也喜欢小声哼唱几句。她聪慧伶俐，身子和嗓子，都像一泓春水。那天锦向她发起邀请，她低了头，不应，亦不拒。

像她这样芬芳的女子，只该属于县城而不是乡野，属于灯红酒绿而不是粗茶布衣。很多人都这样说，她信。

五月初五，南河龙舟赛，有粟，也有锦。鼓声震天之中，木桨激出的水花在河面上架起彩虹。龙舟们行至中途，粟与锦已遥遥领先。两个人都是鼓手，他们将鼓击出飞翔的节奏，眼睛却瞪着对方，似要将对方一口吃掉。两个龙舟并驾齐驱抵达终点，胜负难分。然后便是漫长的裁决，粟和锦的目光，都在寻找着她。她坐在河岸，撑一把伞，盯着河面上的彩虹，目光里的那片梨花开了又谢，谢了又开。锦最终胜出，他兴奋地跳进河水，大呼小叫，又掀翻自己的龙舟。

那天锦照例请乡邻们喝酒，那天粟注定闷闷不乐——不仅仅因为他输了比赛，还因为他输了她。那天她终于答应去他的戏园。她知道去戏园意味着什么，也知道被困乡间意味着什么。她父母双亡，她想她也许需要一个真正的依靠。

她在戏园子里唱戏，头牌黯然失色。她很快成为新的头牌，甚至成为戏园的号召。在县城，不管达官贵人还是凡夫俗子，都以能听到她的戏为荣。锦对她更是宠爱有加，百般呵护，日日盯着她看，如醉如痴。然她却时时想起粟，有时候，正唱着戏词，眼前一片梨花似雪。她分了神，却依然将每一句戏词唱得水灵灵湿漉漉。她天生是唱戏的料，每一个人都这样说。

不仅戏台上，很多时，在梦里，她也会见到粟。粟一袭长衫，或蓝或灰或白，锦看着她，或笑或呆或讷。还有梨园、梨花、阳光、柳絮、锄头、蝶和蜜蜂……她告诉锦，她想粟了。锦埋起头，想了很久，说，一起去看他吧。锦备了马车，备上酒，于是，又一个春日，他们在梨园里相见。

她在梨园赏花，他们在土屋里喝酒。她听不清他们的话，她感觉自己一会儿是戏子，一会儿是农妇，一会儿又是戏子……从上午到黄昏，锦和粟喝光整整两坛烧酒。两个关公摇晃着出来，月亮隐至花间，下人恭恭敬敬地候着他们。锦看看她，说，回去？她看看粟，说，去听戏？粟摇摇头，表情扭曲。马车驶离梨园，她回头，见锦已换好长衫，月亮下一尘不染。

那夜有她的戏。她想那也许是她的最后一场戏。

回去途中，锦说他已为她购得一处宅院，宅院前，一方荷塘、十亩桃园、二十亩斑竹林。她问，有梨园吗？锦笑。当然有。

当然有，只是不在为她购买的宅院前。那是粟的梨园，锦已买下。粟当然不肯卖，但似乎，方圆三百里之内，绝没有锦买不来的东西。有时锦买东西，绝非仅仅用钱。

　　锦坐在台下，喝着浓茶，醉眼蒙眬。四个保镖埋伏在周围，深醉里的锦，仍然预料到了什么。她描了眉眼，飘上台，绣着云手，唱着戏词，看着台下，湿了睫毛又湿了双眼。她见一袭白衫的粟冲进来，她见粟被两个保镖架到锦的面前，她见粟恶狠狠地盯住锦。她见粟挣扎着，保镖从他的怀里搜出一柄雪亮的匕首。她见锦接过匕首，打量着粟，笑着，摇着头，眼睛里喷出火。她咬住痛，唱一句戏词，腰间掏出一把梨花。那是梨园里的梨花，她将它们撒向空中，然后，第二把，第三把……梨花纷纷洒洒，遮了她的眼和身子，似雨打过梨园，粟与锦再也寻不见她。当花雨停下，他们惊惧地看到，她正手持一把剪刀。剪刀对准她的喉咙，她不说话，只盯住锦。

　　锦怔愣半天，长叹一声。锦挥挥手，示意保镖放开粟。锦说，那宅院、斑竹林、梨园，算是送你们的贺礼吧！锦扭头，看看台上的一片梨花，终流出眼泪。

属于儿子的八个烧饼

　　母亲上了火车，倚窗而坐。她将头朝向窗外，一言不发。车厢里闷热异常，然母亲似乎毫无察觉。她要去一个遥远的城市，她需要在座位上，坐上一天一夜。

　　乘务员的午餐车推过来了。母亲扭头看了一眼，又将脸转向窗外。

　　母亲保持这样的姿势，直到晚餐车再一次推过来。这一次，母亲终于说话。她问卖晚餐的乘务员，盒饭，多少钱一份？

　　十块！

　　最便宜的呢？

　　都一样，十块！

　　哦。母亲欠欠身子，表示抱歉。她将脸再一次扭向窗外。黄昏里，一轮苍老的夕阳，急匆匆落下山去。

　　母亲已经很老。她似乎由皱纹堆积而成。新的皱纹无处堆积，便堆积到老的皱纹之上，皱纹与皱纹之间，母亲的五官挣扎而出。那是凄苦的五官、凄凉的五官、凄痛的五官。母亲的表情，让人伤心。

母亲身边坐着一位男人。男人问她，您不饿吗？

哦。母亲说，不饿。

可是男人知道她饿。男人听到她的肚子发出咕咕的声音。男人想为母亲买上一个盒饭，可是他怕母亲难堪。

即使不饿，您也可以吃一个烧饼的。男人说，中学时候，我们把烧饼当成零食……您烙得吧？

男人指指桌子，桌子上，放了一个装着八块烧饼的塑料袋。烧饼们烙得金黄，摞得整整齐齐。似乎，隔着塑料袋，男人也能够闻到烧饼的香味。

哦，我烙的。母亲看一眼烧饼，表情起伏难定。捎给我儿子。

他喜欢吃烧饼？

喜欢。母亲说，明天七月七，你知道，七月七，该吃烧饼的。

他一下子能吃八个？

能呢。他饭量很大。他在家吃的最后一顿饭，就是我烙的烧饼。他一口气吃掉八个。这孩子！怎么吃起来没个够？

母亲的目光，突然变得柔软，似乎儿子就坐在她的面前，狼吞虎咽。

他在城里？

哦。

因为明天七月七，所以您给他送烧饼？

哦。

您坐一天一夜的火车，只为给他送八个烧饼？男人笑了，我猜您是想进城看他吧？烧饼只是借口……

哦，咳咳。母亲说。

他该结婚了吧？男人看一眼母亲的脸，说，他在城里干什么？我猜他当官。我有个儿子，也在城里当官。他也很忙，几乎从不回家。有时我想他了，就找个理由去看他。比如，烧饼。不过他饭量很小，别说八个烧饼，一个他也吃不完。男人耸耸肩，笑着说。

母亲看着烧饼，不出声。

反正烧饼只是借口，男人说，您为什么不吃上一个呢？

不可以。这是儿子的八个烧饼。

但是现在，这还是您的烧饼……

不。这是儿子的八个烧饼……

男人无奈地摇摇头，不说话了。火车距终点站，还得行进十二个小时，他知道，这位母亲，必将固执地守着她的八个烧饼，一直饿到终点。

……

母亲下了火车，转乘公共汽车。汽车上，母亲仍然守着他的八个烧饼。汽车一路向西，将母亲送到一个距离城市很远的地方。母亲下了汽车，步行半个小时，终见到他的儿子。她将八个烧饼一一排出，四十多岁的儿子，便捂了脸，然后，泣不成声。

儿子身着囚服。身着囚服的儿子，在这里熬过整整二十年。整整二十年里，每逢七月初七，他的一点一点走向苍老的母亲，都会为他送来八个金灿灿的烧饼。

四 大 冥 捕

　　杀父仇人吴屠，竟是小秋的师傅。

　　二十年前，吴屠提一把剑，横扫孔雀山庄。山庄四大高手未及出招便被他刺翻，每个人的颈上，只有一个针尖般的红点——吴屠的剑，薄到不再能薄，小到不能再小，快到不能再快。爹娘并肩作战，也仅支撑了几个回合。吴屠只有一把剑，然吴屠似乎有无数把剑。剑光将爹娘笼罩，他们无处可避。

　　三岁的小秋眼睁睁看着爹娘被刺倒在地。爹扭着脖子看他，小秋明晓他的眼神：报仇！

　　报仇，需要机会。机会是吴屠给的。

　　吴屠犯下了两个错误：他没有斩草除根，他将小秋收为徒弟。

　　两个错误，足以致命。

　　他将躲在床底瑟瑟发抖的小秋倒提起来，像买一只鸡那样打量。后来他说，他见过那么多孩子，只有小秋将他打动。他还说，他会让小秋成为世间一流的杀手。

他太过自信。或许他认为三岁的小秋没有记忆。或许他认为，小秋永远超不过他。

然他忽略了年龄。人人都会老去，包括杀手。当杀手老去，其命运往往是：被杀。

小秋跟随吴屠，从此居无定所。多年来吴屠只有两件事：杀人，教小秋杀人。二十年光阴匆匆而过。

二十年里，小秋从未放弃杀死吴屠的念头。现在机会来了。

因为小秋长大了，因为吴屠第一次带小秋出来杀人。

吴屠要杀掉的，是雷天。雷天武功高深莫测，且一直效忠朝庭。小秋认为吴屠必将失手。

——关键时刻，他会帮雷天出剑。帮雷天出剑，救了雷天，救了朝庭，也救了自己。

他与吴屠坐在"春来客栈"的大堂，面前，一坛陈年花雕。吴屠喜欢在杀人以前喝一点儿酒，但今天，这会是他最后一次喝酒。

吴屠拍开封泥。

你想杀我。他盯着小秋，突然说。

小秋的手，猛地一抖。

这么多年，我待你如亲生儿子，但你仍想杀我。

小秋看着吴屠，不语。他的手悄悄崩紧。

多年来你一直想替父报仇，你甚至偷偷找到"四大名捕"，只因我的警觉，才没能成功。吴屠给小秋倒一碗酒，说，你认为你长大了，有击败甚至杀死我的能力。并且，你认为我对你，毫无防范……

你可以提早动手。小秋说，二十年来，无论哪一天，你都可以杀掉我……

我不能。世间只有你，能够接替我。吴屠说，这两年我真的老了，常觉力不从心……

我不会接替你。小秋盯着吴屠，我跟随你只有一个目的：杀你。

因为我杀了你的爹娘？

不仅如此。还因为我不想再有无辜的人死去。比如雷天……

假如他们该死呢？

他们不该死。

我知道说出实情，你会非常难过，可是我必须说出来。

小秋的虎口开始跳动。藏在袖口里的软剑，随时可能刺出。

吴屠喝一口酒，说，雷天依仗朝中有人，做过很多坏事，杀过很多无辜百姓。可是这些事，既不能说出来，也不能将他押进大牢……

可是我爹娘是好人！

几乎所有人都认为他们是好人，但他们不是。吴屠低下头，表情痛苦。他们助先皇做了很多事，我指的是，坏事……并且，最让皇上头痛的是，他们所做的一切，全都绕开了律令……

那就光明正大地去查，去审！小秋说，有"四大名捕"……

当律令对他们有用，便需要"四大名捕"；当律令奈何不了他们，或者有些事情不便公开，便需要我这样的人。知道"四大冥捕"吗？送该杀之人进地狱，却永不能如"四大名捕"那样受人尊敬和传颂。"冥捕"需要承受太多危险、孤独、误会……更重要的是，"四大冥捕"并非四人，而是一人……

小秋听说过"四大冥捕"。然之前，他认为"四大冥捕"不过是一个传说，就像"侠盗楚留香"那样的传说。他既不敢相信"四大冥捕"真有其人，也不敢相信他一直痛彻骨髓的吴屠就是"四大冥捕"，更不敢相信他记忆里的爹娘，原是连律令都奈何不了的恶人。

知道你难以相信。可是皇上的御牌，你不会不知。吴屠展开手，御牌上"四大冥捕"四个字，让小秋表情扭曲。

这么多年一直瞒着你，是怕你痛苦，更怕你不能明辨是非。现在，该是你做出决定的时候了。吴屠说，不过请你记住，你是唯一一个能够接替我的人。假如你愿意，现在就可以成为"四大冥捕"……

小秋盯着胡屠，咬牙切齿。

杀父之仇，必报！他一字一顿，我发过誓，一生只为杀你！

烛动，风动，窗动。一个黑影闪进屋内，刀光现。光影间，小秋听到一个声音：我雷天岂容你等前来撒野？

吴屠挥剑，身形急闪。然而雷天的刀光，紧逼咽喉。

小秋溅出一滴泪。剑，划出去。

却不是指向吴屠，而是雷天。

一剑，二十年恩怨，一百年江湖。

太　阳　裙

　　乳白色的太阳裙，阳光下亮得刺眼。是父亲为她买的，父亲是村里小学的语文老师。她兴奋地穿上，跑到院子，将自己旋转。太阳裙像葵花般绽放，笑声飘洒小院。那是村里唯一一件太阳裙，或许也是镇上唯一一件太阳裙。她没有穿出去。她在等待六一，或者校庆，或者国庆。在一个重要的日子里，她的太阳裙会让人们惊羡。一个漂亮的小姑娘，一朵漂亮的太阳裙。

　　每天放学，她都要套上太阳裙，在小院里舞蹈。父亲和母亲是她的观众，他们为她鼓掌和叫好。然后，她把太阳裙脱下，摘下每一粒细小的尘埃，小心翼翼地叠好和放好。她常常做梦，梦中的太阳裙飘啊飘啊，飘到天上，幻成簇簇白云。她醒了，笑了，停不下来了。她盼六一。最好明天就是，最好现在就是。

　　她穿着打了补丁的褂子和裤子，往返在村中的土路。可是不久她就会换上美丽的太阳裙。她的太阳裙，会让破败的山村一片光鲜。

她在土路上行走，她看到墙上突然多出很多标语。字写得很大，黑体、红色，像愤怒的拳头，像淋漓的鲜血。她只认识两个字，打倒……打倒什么呢？为什么要打倒？凭什么要打倒？她不知道。那两个字写得杀气腾腾，让她惊恐万分。她气喘吁吁地跑回家，她看到母亲黑色的脸。

母亲的手里，拿着她的太阳裙。

母亲说，你爸终于出事了。

她问，我爸出什么事了？

母亲说，这裙子不能穿了。

她问，为什么不能穿了？

母亲说，你爸终于出事了。这裙子不能穿了。

她问，我爸出事了和裙子有什么关系？

突然母亲表情狰狞。她不知道那一刻，面前的女人，到底还是不是她的母亲。母亲从旁边抓起一把剪刀，疯狂地剪着她的太阳裙。母亲一边剪一边笑，一边笑一边哭，一边哭一边剪。母亲的剪刀就像魔鬼的利齿，将她的太阳裙撕咬得遍体鳞伤。后来母亲的哭和笑混成一体，变成疯狂且绝望的嘶嚎，而她的嘶嚎，远甚过母亲。她冲上前去，试图从母亲手里夺过太阳裙。她感到指尖飞快地凉了一下。低了头，一小截手指在地上无限悲凉地跳跃。

那以后，她常常做梦。她梦见她的太阳裙飘落地面，成了一簇簇松散的芦花，随风飘逝。她恨过父亲也恨过母亲。她恨父亲为什么会被打倒，她恨母亲为什么要剪烂她的太阳裙。她穿着打了补丁的长裤在村路上行走，那里烟尘滚滚，那是红色的海洋。有一块补丁是乳白色的，她知道，那是残缺的太阳裙。

有关太阳裙的噩梦和她不停纠缠。后来，即使去了城市，即使满街都是长裙、短裙、太阳裙、一步裙、鱼尾裙，她也没有任何一条属于自己的裙子。她总是想起含冤而去的父亲和突然疯掉的母亲。夏天里她穿着一本正经的长裤穿行在城市的柏油路，穿行在自己的青春岁月和太阳的影子里。她的粉刺逐渐消失，取而代之的是细密的鱼尾纹。她的头发不再有光泽，她需要在美发店里还原它们的颜色。她站在落地窗前看大街上的风景，她突然哭了。那天她终于下决心为自己买一条太阳裙。这个想法在她的脑子里藏了近四十年，现在，她终于不能忍受。她对丈夫说，我想买一条太阳裙。我老了。我要穿一次白色的太阳裙。丈夫盯着她看。丈夫弄不懂她为什么要买一条小女孩才穿的太阳裙。丈夫认为臃肿的她穿上白色的太阳裙，将变得非常可笑。无疑，她的想法近似疯狂。

她跑遍整个城市，终于寻到一条乳白色的太阳裙。她把太阳裙夹在腋下，贼一般逃回了家。她紧闭门窗。她旋转着身子。她盯着镜子里的自己。她像一朵葵花般绽开。一个美丽的女人，一朵漂亮的太阳裙。

晚上她穿着太阳裙走出家门。她拐进一条胡同，低着头，走得很快。她只想在胡同里走一走，没有任何目的。她抬起头，发出一声惊恐瘆人的尖叫。她战战兢兢地跑回家，缩在沙发上瑟瑟发抖。丈夫说你怎么了。她说，打倒……

打倒？丈夫愣住，什么打倒？他上了街，拐进那条昏暗的胡同。他看到墙壁上落着几个红色油漆涂成的大字。他把脸凑过去看，笑了。那是某些孩子的游戏，打倒张三，打倒李四，打倒赵小明，打倒孙小华，等等。似乎这些字在这面墙上存留已久，手抹上去，油漆纷纷脱落。

他推开门。他看到一张惊恐万分的脸。她穿着厚厚的睡衣，手里提着那件太阳裙。他说，是有打倒，不过……他看到她的脸扭曲起来，身体战粟不安。他说，不过，只是游戏……他看到她突然从身边操起一把剪刀，疯狂地剪着无辜的太阳裙。他看到太阳裙转眼间变得伤痕累累，千疮百孔。他冲过去，他说你疯了吗？他试图从她手里夺过太阳裙。他感到指尖飞快地凉了一下，一小截手指，翻一个跟头，从太阳裙，蹦落地上……

桃　源

小时候，她是一个漂亮的女孩。她的眼睛很大，眉毛很弯，唇角很翘，笑起来如同一汪清澈见底的泉。大人们都喜欢逗她，更喜欢听她泉水叮咚般的笑声。幼儿园里，逢合唱，她总是排在第一排，站到最显眼的位置。便有看节目的大人们惊呼：看，那个漂亮的小女孩！

她是漂亮的小女孩。她习惯了这样的夸奖。

长大些，那些夸奖就少了。对着镜子看，镜子里面的自己的确稍变了模样。眼睛仍然很大，却不似以前那般黑；眉毛仍然很弯，却不似以前那般细；唇角仍然很翘，却不似以前那般调皮；笑起来，泉水叮咚的声音，愈来愈淡。那时她上着小学，她想她也许过多模仿了同学的表情。模仿得太多，她的模样就变了，声音就变了。近墨者黑的道理，她懂。

却没有用。待大学时，她发现她不是变得不再漂亮，而是一天天变得丑陋。她的眉毛变粗变浓，眼睛大而无神，表情开始呆滞，笑起来时，连自己都觉得难听。并且那笑声里，早已彻底找不到泉水叮咚的感觉。她怕了，因为她早已不再模仿别人。不再模仿别人，仍然一天天变丑，她找不到原因。

毕业以后，她接触到更多的人，更多的事。每天她都要接她不想接的电话，见她不想见的人，做她不想做的事，就像一个高速旋转的陀螺。她不怕这些事，却怕照镜子。每一天，镜子里的自己都在变丑。现在她的眼睛混浊，唇角下垂，眉毛无精打采，脸色暗淡无光。笑呢？已经很久，她没有听到自己笑了。

更可怕的是，她发现，周围的人开始不喜欢她，甚至讨厌她。就算听不到他们背地里的议论，她也可以猜到。他们肯定会说：这个丑女人！这个粗俗的丑女人！即使她认为她并不粗俗，可是很多时候，对世人来说，丑必然伴随着粗俗。

她与所有人，开始格格不入。

她的生活终于变得一团糟。最后一个好友离她而去，相恋多年的男友将她抛弃。然后她失去工作，甚至失去亲人的呵护。喧嚣的城市、繁华的世间，似乎与她再无关系。

她万念俱灰，只想死去。

她去到一处世外桃源，想在那里结束生命。她在那里住了一天，自杀的念头开始动摇；住了三天，她对人世间开始有了留恋；住到第十天，她想，为什么不在这里继续生活下去呢？这里山清水秀，鸡犬相闻，没有书籍、报刊、电视、汽车、网络、股票……没有不想接的电话，没有不想见的人，没有人逼她做不想做的事情。更重要的是，这里没有各种各样的价值观，也没有人在意她的丑陋。他们只关心阳光、绿树、蔬菜、粮食、花朵和蜜蜂，他们对她漠不关心。

漠不关心，便是极大的尊重了吧。

她种蔬菜，饮山泉，饲养家禽和家畜，大树下打盹或者阳光里晒太阳。她满意当下的生活，喜欢这样的地方。

突然，某一天，她发现自己似乎变得漂亮了。她臃肿的腰身开始变细，皮肤慢慢有了光泽；她的鱼尾纹开始减少，眼珠开始发光，唇角开始上翘。虽然她的笑声仍然不那么清脆，但是能够笑了，已经足以令她开心。她开始观察周围的人们，模仿他们的表情，复制他们的生活。她想变得漂亮些，再漂亮些。

她用三年完成了她的奇迹。三年以后，她终变得惊艳。她的眼睛很黑，眉毛很弯，唇角很翘，腰身很细，皮肤很白，笑起来如同一汪清澈见底的泉。她看着水中妖媚的倒影，她爱上了自己。

她开始不再满意现今的生活。现今的生活无比安静，让她的美貌百无一用。周围的人们只关心阳光、绿树、蔬菜、粮食、花朵和蜜蜂，他们对她熟视无睹。

熟视无睹，对一个年轻美貌的女人来说，便是极大的伤害了吧。

两年以后，她决定回到繁华喧嚣的都市。她如此美丽，她相信所有人都会喜欢她。

事实果然如此。都市里，很长一段时间，无论她走到哪里，都有一种众星拱月的感觉。然而一段时间以后，她发现一切再一次慢慢变了样子。她再一次被各种各样的书籍、电视、汽车、网络、股票等所包围，每天她都要接不想接的电话，见不想见的人，做不想做的事，扮不喜欢扮的表情，想不喜欢想的心事……

她无比悲哀地发现，她再一次开始变丑。她的眼睛混浊，唇角下垂，眉毛无精打采，皮肤暗淡无光，身材开始臃肿。更可怕的是，她已经太久没有听到自己的笑声……

辑三／如果你足够优秀

母 亲 心

朋友混迹于城市，朝不保夕。他在两年之内换了八份工作，搬了十四次家，他走在城市的阳光里，鞋子上沾满灰尘。朋友是那种轻易不肯认输的人，他说他还年轻，他说他有的是时间，他说但愿明天一早醒来，呵，满世界阳光灿烂。

可是他的母亲已经没有太多时间。母亲住在乡下，头发花白，身体佝偻，新的皱纹堆积在旧的皱纹之上，似乎要掉下来。母亲常常念叨他，盼着他回来。她不在意自己的儿子成功或者失败，只要她的儿子能够平平安安地回来住上几天，母亲就能够度过一段快乐的日子。

可是朋友很少回家。不是他不想念自己的母亲，而是他怕母亲的问题。母亲不问他的工作，母亲关心的只有他的婚事。母亲会问你交女朋友了吗？朋友说不急，母亲的目光便黯淡下来。母亲说你也不小了，妈想在走之前，看看我的儿媳。每一次，朋友都是如坐针毡，无言以对。

朋友说他受不了母亲期盼和失望互相交织的目光。那目光让他心如刀绞。那时母亲已经身患绝症，谁都不知道她将在哪一天突然离开。

终于，朋友决定带一位女朋友回老家。当然他没有女朋友，不过他可以请他的女同学帮忙。那女孩理解他的一片孝心，她没有多加考虑，欣然前往。他们购买了很多礼物，他们手拉着手站到母亲的病榻前。

那时候，母亲已经病得很重。

女孩的表演逼真到位，毫无破绽。当提及朋友的名字，她的脸颊甚至会落上两点绯红。她守在母亲的床前端茶递水，她笑着向母亲数落朋友的不是。朋友对女同学的表现很是满意，他想一段时间以后，他的母亲，终可以毫无牵挂地离去。

那几天，母亲的脸，始终是笑着的。

两天以后公司打来电话，催女孩回去。女孩临走前，母亲再一次将她叫到自己床前，又让朋友离开一下。

这几天，谢谢你的照顾。母亲对女孩说，你让我很开心。

应该的。女孩说，谁让我是他女朋友呢！

母亲轻轻地笑了。我儿花了多少钱？她突然问。

什么？女孩轻轻一愣。

我知道你不是他女朋友，你们瞒不过我的眼睛。母亲说，他把你带回来，不过是想哄我开心。他肯定是花钱雇了你，不然的话，谁肯这大老远跑过来看我这个糟老婆子呢？

母亲艰难地探起身子，从枕头下面摸出一个纸包。她颤抖着将纸包打开，露出里面叠放得整整齐齐的钞票。他要花多少钱，你从这里面拿就行。母亲带着商量的口吻对女孩说，别跟他要钱，他在城里过得不易⋯⋯

他没花钱。女孩有些手足无措，我是自愿的。他这样做，只是让你开心……

我知道，我很开心。母亲擎着那个纸包说，不过等你们回到城里，你得帮我把这些钱转交给他……我知道我给他的话，他肯定不会接的……让他在城里好好干，让他不要着急……

女孩接过那个纸包。她知道如果她不接的话，母亲会一直这样擎下去。女孩让母亲保重，然后往外走。她想把这件事告诉我的朋友，此时的她已经彻底没有了主张。

你等一下。母亲喊住了她。

女孩转过身来，看见母亲难为情地盯着她，吞吞吐吐地说，我儿他，为人很好，只是现在，工作上遇到些暂时的困难……如果你不嫌的话，可以试试和他相处……我的意思是，你也许真的可以，做他的女朋友……

朋友告诉我，当他的女同学把这句话说给他听，那天，他哭了整整一夜。

平凡或者平庸

平凡者有所为，平庸者无所为。

种花养鸟，读书下棋，上班下班，与世无争，接受平静、平淡、安稳、安逸，对平凡者来说，平凡是一种人生态度。

思想消极，行为懒惰，昏昏欲睡，碌碌无为，接受无聊、无趣、琐碎、颓废，对平庸者来说，平庸亦是一种人生态度。

腰缠万贯亦可平凡一生，农野村夫亦可平庸一世。平凡或者平庸，与财产无关，与职业无关，与身份无关，与地位无关。有关的，只是活着的态度、思维的高度。

平凡者可以失败，如赛场上失利的选手，他们同样赢得我们的尊重；平庸者亦能成功，但他们得到的，已经不再是赞美。并且，成功其实没有标准，比如大的成功和小的成功，比如真正的成功和自以为是的成功。

事业有成者，可以甘守平凡——平凡的成功之人，接近伟大；心态消极者，只能接受平庸——平庸的成功之人，亦是庸人。

平凡或者平庸，差之毫厘，谬以千里；咫尺之遥，却天壤之别。

乞丐的骨气

　　每天我从小巷经过，都会看到那个乞丐。她跪在巷口乞讨，口中念念有词。她有六十多岁吧？一张脸似一枚多皱的核桃。她穿着肮脏破烂的衣服，肩膀上缩一颗满是白发的脑袋。她是母亲般的年龄，却要靠乞讨生活。

　　我坚信她不是装出来的。她的目光透出深深的无奈和悲伤。每天从她身边走过，我都会给她一点点钱。有时一块，有时两块，有时五角。钱扔进她面前的搪瓷缸里，如果是硬币，会发出叮当一声脆响。搪瓷缸里躺着一些纸钞和硬币，代表着某一种人人皆知的虚假。她从不看我扔进去的钱，只顾继续点头，口中含混不清地念叨。

　　有那么一次，正经过时，她突然抬头，然后问我能不能帮她买一瓶水。那是她头一次跟我说话，也是我头一次听清楚她的话。我去不远处的商店为她买回两瓶矿泉水，她一口气喝掉一瓶。正是炎热的正午，小巷里很是阒静，喝完水的她有了些精神，给我讲起她的往事。

往事当然悲惨。老家受灾，老伴去世，儿子意外，身体不便，等等。尽管故事老套，仍然听得我潸然泪下。——似乎面前的老人，只能靠乞讨才能生活下去。

突然有一位路人经过，老人急忙将头低下，嘴里再一次念念有词。路人盯了老人很久，掏出十块钱，想放下，又有些犹豫。我知道他怕上当。城市里有太多假装成乞丐的骗子。

老人向他讲述自己的故事，声情并茂，泣不成声。令我惊讶的是，她的故事竟有了变化。当然框架还在，情节还在，只是这次她变得更加可怜。比如她把自己的年龄增加了八岁，把租住的简陋平房变成了露天的公园，等等。路人听她讲完，长叹一口气，十块钱扔进搪瓷缸。我听他小声说，就受不了这样的故事……哪怕是编的。

他走后我问老人，到底哪一个故事是真的？

老人说前一个……我知道你的意思……可是城市里到处都是乞丐，每一个乞丐都有一个类似的故事。如果不说得凄惨些，怎么能够讨到钱呢？

一时语塞。对面前的老人，不知该施以同情和怜悯，还是该报以不齿和愤怒。

几年前一位朋友从欧洲回来，为我讲述他在欧洲见到的乞丐。朋友说他坐在地下通道，面前是一顶洗得干干净净的帽子。他理直气壮地向路人要钱，到手后说一声谢谢。问他为什么乞讨，他说，我是老兵。再问，却拒绝回答。他说那是他的隐私，谁也无权过问。

不仅是他，那个城市的大多乞丐都是如此。并且，他从未见过一位跪着乞讨的乞丐。尽管在那里，跪下，并不能够代表更多的内容。

到晚上，一些乞丐会走进附近的酒吧，要一杯酒，摊开一张当天的报纸，慢慢消磨他们的幸福时光。这时他就不再是乞丐而变成一名顾客，遇到曾经帮助过他的人，他甚至会邀请他们过来喝上一杯……

朋友感叹说，在那里，乞丐是不需要你的同情的。他们认为那是一种职业，与工人、农民、商人、白领一样的职业，而并非真的无路可走。他们心安理得地要，然后理直气壮地消费，他们或许承认自己的懒惰，却极少有人编造或者夸大自己的经历。与国内乞丐的最大不同之处在于，他们会穿上最好的衣服上街乞讨；而在国内，很多乞丐则肯定选择最脏最烂的衣服。

换句话说，他们乞讨的成功率，靠的是别人的承认；而中国的乞丐，则多是依靠施舍者的同情。

朋友在国外待的时间并不太长，结论难免偏颇或者武断。可是他的话让我常常思考这样一个问题：到底什么样的人，才可以称之为乞丐？

是衣服的破烂和肮脏吗？我想不是。很多贫困山区的农人，他们的穿着远不如城市里的乞丐，可是他们正在辛勤地劳作，他们并不卑微。

是财产的一无所有吗？我想也不是。很多公司的总资产为负数，城市里太多人依靠贷款购买了车子和房子，他们欠银行欠亲朋一大笔钱，他们比乞丐还穷。

是一种讨要的方式吗？似乎也不全对。生活中我们常常向别人讨要自己急切得到的东西，比如单位或者组织，比如父母或者亲朋，可是从没有人把自己当成乞丐。

后来我想，可能是一种讨要的态度吧？

把讨要当成一种职业，就成为乞丐。当乞丐需要一种勇气，不过我还认为，当乞丐更需要一种骨气。乞讨就是乞讨，既然选择了——或主动，或被逼无奈——都用不着太多虚假和伪装，你帮助我了，跟你说声谢谢，到此为止。施舍者无权过问太多，被施舍者更没有必要主动讲述自己的往事。那些故事并不美好，每暴露一次，都会鲜血淋漓。

乞丐也许不能够做到高傲，但乞丐起码应该做到诚实。

乞丐乞讨的成功率，在于让他们的生活态度得到别人的承认，而不是努力博得别人的同情。

当然，无论如何，也不要随便给陌生人跪下。那是做人的底线，乞丐也是如此。

秦　歌

老朽的周王朝似一位垂暮的老人，颤抖着将七滴残墨甩落上一张千疮百孔的生宣上。它们相互渍渗，扩张，挤压，吞并，重叠，交融，杂乱且有序地完成着一副壮阔惨烈的金戈铁马图。然后，秦的朱红印章，狠狠地盖在那里。

其实，当昏庸无能的周幽王拥着如冰的褒姒点燃烽燧的烽火，当深邃干练的商鞅在暗夜中为一条新的律令苦思冥想，当圆滑奸诈的吕不韦怀揣着大把的银钱在秦国四方游走，当冷漠而乖张的赵政在邯郸城饱受质子之苦，秦王朝已经开始了。那是一座楼宇的地基，一件利器的淬火；那是挥毫前的研墨，四季里的惊蛰；那是大秦乐章的序曲。

"得寸则王之寸，得尺则亦王之尺"，由弱至强的秦国自秦孝公以来，严格地遵循着这样的强食逻辑，缓慢且有条不紊地蚕食着他邻的土地。而秦王政的即位和李斯的《武力统一天下论》，则把这种舒缓的蚕食，变成为迅速的鲸吞。

秦王政三年，"岁大饥"；秦王政四年，"蝗虫从东方来，蔽天。天下疫"；秦王政五年，"冬雷"；秦王政九年，"四月寒冻，民有冻死者"。百姓的疾苦并未让这位体弱多病的少年心生怜悯，上天的灾祸也并未让这位雄心勃勃的君王放缓一统天下的脚步。当内史腾的十万大军兵临韩国新郑城下，一场由秦王政发起的建立在武力和杀虐之上的统一大戏，开始真正拉开。

秦的战歌就此响起，雄壮威武中夹杂着浓重的血腥。春风中站一位少年君王，他的眼睛，忧郁而又贪婪。

统一的脚步迅速简洁而又节奏强烈，一切都在冥冥之中按部就班地展开。对东方六国来说，秦国注定是他们无法躲过的灾难。一觉醒来，城易主，国易君，旌旗下满目疮痍的故土，从此被一堵高墙圈起，成为秦帝国的三十六郡之一。

秦王政十七年，韩亡；秦王政十九年，赵亡；秦王政二十二年，魏亡；秦王政二十四年，楚亡；秦王政二十五年，燕亡；秦王政二十六年，齐亡，天下从此统一。那一年，秦王政三十九岁。年近不惑的秦王政从亲政到灭齐，仅仅用了十七年的时间。一滴残墨，终于泼成江山。

难怪秦始皇在统一中国后，曾经兴奋异常地振臂高呼：自上古未尝有，五帝所不及！战歌在此时开始顿歇，异化为一曲颂歌。一段终了，响起秦始皇得意扬扬的独白。

但秦始皇自己却没有打过一次仗，更没有亲自指挥过一场战役。手无缚鸡之力的他面对刺客荆轲手中的短刃，甚至紧张到拔不出佩在身后的宝剑。但他有吕不韦、李斯、尉缭、顿弱、内史腾、王翦、蒙武、王贲……他有二十万大军、六十万大军、一百万大军……他有前人给他留下的宝座和商鞅给他留下的秩序……他具备打赢一切战役的一切条件。

秦始皇成就了历史，历史也成就了秦始皇。

秦始皇统一天下，唱着挽救百姓的调子；偏偏这时，众生却发出"兴，百姓苦；亡，百姓苦"的凄惨之音。君王与百姓，总是这样格格不入。

如果说君王的秦歌是肤浅和短暂的欢笑，那么百姓的秦歌，便是深刻和久远的哀号。而当君民同歌，那么，便有了反抗。

当然有反抗。反抗每时每刻都在上演。当荆轲拖一条伤腿将手中的匕首像标枪一样掷向秦王政，当高渐离瞪着空洞的眼眶将灌铅的筑琴狠狠砸向秦王政的脑袋，我想此时的他，也会感到一种深深的恐惧，他的歌声至此，也会惊吓到变了调子；而当一个叫孟姜女的村姑把自己的无限悲伤当成武器，不知此时的秦始皇想过没有，哪怕一条绵延万里固若金汤的高墙，其实也抵挡不住女人的一滴眼泪。

行同伦、车同轨、书同文，统一天下后的秦始皇以一位总工程师的姿态，继续着对秦的统一和改造。以前是土地和疆域，现在是称呼与器具；筑长城、建阿房、修陵寝，秦始皇一边为活着的自己建造一个金碧辉煌的巨型宫殿，一边又为死后的自己规划一个举世无双的享乐世界。然后，耗尽全国财力围起一堵高墙，试图达到秦的永恒；而到焚书坑儒，中年的秦始皇已经接近疯狂，各国国史与诸子百家的书籍统统被焚烧，博士诸生们统统被活埋和暗杀，秦的上空已经听不到百姓的赞歌，只剩下文人和草民的恸哭。此时的秦王朝其实只剩一人，那便是秦始皇，大臣儒生草民们不过是他所饲养的牲畜，任其随意地驱赶和杀戮；至于泰山封禅和寻找不死之药，不过是秦始皇在他生命的最后几年里，近乎独角戏般的人间闹剧吧？

"兴，百姓苦；亡，百姓苦。"刚刚从战争阴霾中走出来的百姓，还未及露一下笑脸，又一次掉进人间地狱般的悲惨境遇。战歌已去，颂歌已歇，此时的秦，只闻哀歌与悲乐。这哀歌与悲乐是属于百姓的，也是属于秦始皇的，更是属于秦王朝和中国历史的。而当秦始皇终在第四次巡游途中病死沙丘平台，接替皇位的秦二世却没有就此罢休，比起他的父亲，胡亥对于百姓的压榨，更是有过之而无不及。于是有了陈胜、吴广，有了项羽、刘邦，那是汉的序曲，也是秦的丧歌。短短的秦帝国终于在农民起义的风暴中，匆匆奏完最后的一个音符，吟完最后一个字节。秦歌戛然而止，秦帝国风消云散。

一同风消云散的，还有他们的墓陵与尸骨。只剩下那些陪葬的陶俑，还在忠心耿耿地守着那些已去的历史，并试图告诉未来的人们，在遥远的过去，秦王朝曾经有过的辉煌。

公元前202年，汉立。又一次从战争阴云中走出来的百姓，再一次看到海市蜃楼般的希望。

"兴，百姓苦；亡，百姓苦。"漫漫封建王朝，这几乎等同于，一个永恒的真理。

于是，秦歌再一次重复……

清明你或许该做的几件事情

清明属于亡灵，抑或属于祭奠。

生命每时每刻都在结束，或因了意外，或因了疾病，或因了灾难，或因了战争。然真正与你有关的，真正让你伤悲的，真正让你刻骨铭心的，又有多少呢？他们可能是你的朋友，你的同事，或者你的亲人，你的至爱。他们逝去了，一年中便只剩下两天与他们有关，一是祭日，一是清明。去看看他们吧！或者，打扫一下他们的墓碑；或者，与他们说上几句话；或者，只是远远地看一眼他们。你是无神论者，没关系；你所做一切对他们有没有用处，没关系。你的行为只是一种表达，一种世人的责任。对于你的内心，这是一种抚慰。

清明属于绿色，抑或属于生命。

万物开始复苏，阳光有了暖意。小麦变成墨绿色，蚂蚁懒洋洋地爬出冬天的窝巢。山野变得繁华，这繁华并不逊色任何一个都市；都市变得五彩斑斓，这斑斓的色彩更像欣欣向荣的山野。这样的天气里，你也许该去栽一棵树。或者把树栽在山野，一棵泡桐或者一棵白桦；或者把树栽在小区的花园，一棵山楂或者一棵银杏。栽什么都没有关系，关键是你栽下这棵树，这棵树便从此属于你。这是你的树，活在世间，长出枝叶，开出花儿，结出果实，制造绿荫。你的树为世间增添风景，当你死后，树仍然在。他延续了你的生命，他替你守护一方水土。

清明属于春天，抑或属于开始。

我认为真正的春天，并非从立春开始，并非从惊蛰开始，而是始于清明。清明是真正的春天，只有清明才有春天的样子。最美的是杂草，它们是草娃娃，它们柔软好奇，它们是土地的真正拥有者。你该去看一看它们，趁天气不冷不热，趁阳光温暖姣好，去逛一逛，坐一坐，抚摸它们，记住春天里它们的样子。春天是开始，对它们是这样，对你也是这样。你放下手头的工作，告别办公室，告别电话，告别资料夹，告别网络游戏，约三两朋友，说笑着，奔向郊外，奔向每一棵春天的草。世间万物皆不能回头，你的每一步都是新的。甚至你可以重新开始你的生活，在每一个春天里，只要你愿意。

清明属于平淡，抑或属于人生。

你没有需要祭奠的人或者你认为没有这个必要，你不想在春天里栽下一棵树，你不愿意踏青，你对万紫千红没有丝毫兴趣。没关系，清明仍是清明，春天还是春天。我要说的是，平淡不会因清明或者春天而变得充实，充实同样不会因清明或者春天而变得平淡。你还可以在家蒙头大睡以补充你严重不足的睡眠，你还可以为了生计奔波在公司与家之间，你还可以去吹吹头发，或者在菜市场与小贩讨价还价。清明对你来说只是平常而平淡的一天，你大可不必一定要改变你的平常或者平淡。但是有一点你可能应该做到，请你不要嘲笑那些祭奠亡灵的人，尽管那些故者与你毫无关系；请不要破坏每一棵小树，它们是世间的装扮者，它们将会是一个人的生命延续；请不要试图劝阻那些踏青者，他们在阳光下生活，他们在春天里开始。你可以坚守你的平淡，但请你不要打扰他人。

　　可是，一生中，你能拥有多少个清明？六十个？八十个？或者一百个？

　　可是，一生中，你还能剩下几个？

让我们活过一个蛙卵

南美洲的哥斯达黎加雨林，有一种以蛙为食的蛇。由于那里的蛙非常多，所以自古以来，这种蛇从来不必为它的食物担忧。可是近几年，细心的科学家们发现，这种蛇有时也会面临着饥饿。

因为蛙的进化，远比蛇快。

进化让蛙有了逃脱蛇口的本领。它们不但进化出更加敏锐的眼睛，更加有力的四肢，并且可以在水面上奔跑。当一条蛇试图靠近一只蛙，这只蛙便会奋力跳开，然后像武侠片里的"轻功水上飘"一般，水面上狂奔不止。蛇的食物，就这样逃走了。

然而，到了蛙的繁殖季节，大堆的蛙卵是不会动的。蛙卵挂在水草的叶面上，明晃晃的一团，这是蛇最喜欢的食物。

神奇之处在于，当蛇一点点靠近蛙卵，蛙卵竟然可以觉察得到危险的来临。的确，此时的蛙卵没有发育成熟，但即便如此，它们也绝不会坐以待毙。它们会不可置信地加速发育，之前需要几天甚至十几天的发育过程，此时仅需要几分钟。并且，随着蛇越来越接近它们，它们的发育也会变得越来越快。终于，在蛇即将触及它们的时候，蛙卵们纷纷变成蝌蚪，跳进水中，迅速游开。留在草叶上的，只剩下空空的卵壳。

即使一只成年蛙，也只有本能没有思维，何况一个蛙卵。并且，就算蛙卵真有本能，又能怎么样呢？本能竟可以促使蛙卵加速发育然后逃离危险，进化让动物有了如此超常的能力，这让科学家们迷惑不解。

但不管如何，这是事实。事实是，哥斯达黎加的雨林中，蛙越来越多，蛇越来越少。

我常常想，人类在逃离危险处境的这件事情上，远不如比我们低级的动物那样成熟和成功。当意外发生，当危险降临，我们绝不可能看到一个婴儿站起来狂奔。

可是人类有思维。很多时，思维可以弥补我们身体的缺陷。我指的是，最起码，当我们预料到危险可能会在某一天降临的时候，我们可以提前远离、终止，或者改变这一切，比如核战争，比如转基因，比如重污染，比如自相残杀。

与蛙卵处境不同的是，蛙卵要对付的是一条蛇，而人类要对付的，其实是我们自己。

因为太多时，我们既蛙且蛇。

自诩为全能的人类，先让我们活过一只蛙卵再说。

饶 过 喷 嚏

世上三件事无法掩饰：一是喷嚏，一是贫穷，一是爱上一个人。将喷嚏排在第一，足以说明喷嚏之无足轻重。喷嚏之事，既不会像贫穷那样令人难以忍受，也不会像爱上一个人那样令人茶饭不思——无所谓掩不掩饰，至多有些不雅罢了。

然喷嚏毕竟突如其来，所以从古至今说法众多，最常见的，便是"说我"之说。宋洪迈《容斋随笔》中说："今人喷嚏不止者，必噀唾祝云：'有人说我'，妇人尤甚。"宋马永卿《懒真子》中说："俗说以人嚏喷为人说。"此背后"说我"，绝非赞赏，而是"说我坏话"。至于延续及今，"说我坏话"变成"想我念我"，则多是喷嚏者的一厢情愿罢了。

另有打喷嚏是吉兆一说。《燕北录》中记载："戎主太后喷嚏，近侍臣僚齐声呼'治夔离'，犹汉人呼'万岁'也。"打个喷嚏，便"万岁"了，可见喷嚏之妙喷嚏之可遇而不可求。讨一个好口彩是必然的，至于"戎主太后"或者"汉人"心里有没有当成一回事情，则无法考证。唯一可以考证的是，至少在先秦或者更往前，就已经有以打喷嚏为吉兆的习俗，所以大伙跟着"执行"便是了。

其实根本没有必要把喷嚏一事弄得这样复杂。打个喷嚏，无非两种可能：或感冒，或鼻炎。都是帮忙清洁鼻腔，绝不是什么坏事，也绝不会有什么凶兆或者吉兆。如果打个喷嚏一定要说明些什么，那就是：或要感冒，或已鼻炎。

然很多时候，喷嚏还是让人战胆心惊，比如甲流之时。当喷嚏响起，立刻有旁人捂了嘴巴，遮了鼻子，如同躲避瘟神般逃之夭夭。

甲流不常见，可是喷嚏却常常让我们尴尬。正吃着饭，一个毫无防备的喷嚏，就可能坏了大事。若是躲得急，尚有避过身子又掏了餐纸的可能，若躲避不及，面对一桌生猛海鲜，这喷嚏就会让这顿饭到此为止。当然菜可以换，可是胃口不能换，面对迎面扑来一堆唾星，纵是神仙也不会视而不见。我就有这样一位朋友，只因在饭桌上打一个喷嚏，就断送了一段美好姻缘。虽然事后女友原谅了他，可是女友父母坚决反对，理由是他的素质太低。这跟素质有什么关系？后来朋友哭丧着脸对我说，控制不了的玩意啊！

不仅如此，我还听说过因一个喷嚏丢掉工作的，失去合同的，等等。不就一个喷嚏，至于？也许在对方看来，至于；也许，对方用意不在喷嚏。人复杂了，喷嚏就跟着复杂，看似社会发展了，喷嚏所代表的"说我坏话"或者"想念我"已成为一句笑谈，可是想在人前打一个喷嚏，仍然得小心翼翼，丝毫放肆不得。

喷嚏无非生理现象，就像出汗，就像饱嗝，就像寒战，就像打鼾，却为何这般难缠？

人有远虑，必有近忧

"远虑"是指长远的谋划和打算，"近忧"是指即将到来的烦恼和忧虑。"一个人没有长远的考虑，一定会有近在眼前的忧虑。"孔子这样说。可是，就算一个人有长远的考虑，就没有近在眼前的忧虑了吗？事实往往是，只要一个人考虑得太过长远，那么其一定会有近在眼前的忧虑。

长远的考虑有很多种，有关前途的，有关事业的，有关情感的，有关个人的，有关爱人的，有关子女的，等等。我们之所以称之为"远虑"，是因为它在近期阶段的不可能实现性。打个比方，你的"远虑"是拥有一套豪宅，可是你居住的两间草屋天天漏着雨，草屋与豪宅形成强烈对比，于是草屋就成为你的"近忧"；再打个比方，你的"远虑"是升为某局长，可是你现在只是一名普通的办事员，办事员与局长相差太大，就容不得你不"近忧"。假如没有之于豪宅和局长的"远虑"，那么你也许就会心平气和地面对你的草屋或者办事员，"近忧"也就不存在了。就是说，有"近忧"不一定必有"远虑"，但是有"远虑"必然陪伴有"近忧"。"远虑"越周全，"近忧"越烦琐——后者永远是前者的必然。

当然"远虑"是一种理想，是人生的一种规划，或者说是一种胆识和谋略。"远虑"并没有错，心存"远虑"才是一种积极的人生。

就是说，并非奉劝世人不要心存"远虑"，而是我们应该寻求一种恰当的科学的应对"近忧"的态度。"人有远虑，必有近忧"，对于"近忧"能够做到心平气和，能够做到把"近忧"当成"远虑"的台阶，心存一种"卧薪尝胆"的气概，才能够一步步接近自己定下的目标，从而实现自己的人生理想。

如果你足够优秀

多年前一个夏天，我选择了报考美术师专。复试在县城的美专进行，因为全校只有我一个人通过初试，所以复试是没有老师陪同的。参加复试的头一天，父亲问我，需要我陪你去吗？我说，不用了。父亲说那你一个人去好了。反正我去了，也帮不上你什么忙。于是第二天早晨，我一个人挤上通往县城的唯一一班公共汽车。

那是我第一次出远门。那年我十七岁。

下了汽车，按照父亲的嘱咐，我寻了一家旅店。我记得自己很紧张，结结巴巴地跟服务员要着房间。然后我找到了第二天要进行复试的考场。考场设在那个美术师专的一间教室，在那里，我第一次见到那么多的画夹画板，第一次见到真正的石膏模型。我兴奋得浑身战栗。能在这样的教室里画画，我愿意用所有的代价交换。已经来了很多考生，他们坐在教室里，在老师或者父母的指导和陪同下打着线条。没有多余的位子，我在那里待了一会儿，熟悉了一下环境，就离开了。

那天我彻夜未眠。躺在陌生的旅店，兴奋与紧张紧紧将我裹挟。我想明天将注定是我一生中的一个非常重要的日子。假如我发挥得好，就将实现画一辈子画的梦想；假如发挥得不好，那么，极有可能，我会和我的那些父辈一样，将自己的一生，消耗在地头田畔。当我第三次起床喝水，天已经亮了。

那天我发挥得糟糕透了。我想即使我发挥得再好也没有用，因为，在等待进考场的时间里，我听到一些考生的风言风语。他们说考试完全是一种形式，而最终的人选，其实早已内定。他们的话似乎是有道理的，因为我看到校门口的轿车排成一排，我看到很多可疑的人站在那里鬼鬼祟祟交头接耳。那是我第一次感觉到世界的可怕。那是我第一次感觉原来还有另一种力量可以操纵一件事情的结局，并轻易埋葬一个人的梦想。

考场上我告诉自己不要紧张，可是我做不到。我的手心里全都是汗。我不停地用着橡皮。——稍有素描常识的人都知道，过多用橡皮是素描中的大忌。总之，那天我的发挥异常糟糕，我稀里糊涂地交了考卷，垂头丧气地回到家。

父亲在村口接我。他不停地给我讲这两天来村子里发生的事。他做了一桌子菜，打开一瓶酒。他第一次把我当成一个男人，他给我的酒杯里倒满了酒。那天我和父亲说了很多话，但唯独没有谈起考试的事。其实用不着问，父亲能从我的眼神里读到一切。

两个多月后，录取通知书仍然没有盼来。我知道，我考上美专的最后一丝希望彻底破灭。我终于跟父亲讲起那天的事，我告诉他被录取的人员可能内定得差不多了。为证明我的话是正确的，我给父亲举了很多例子。父亲听后，看了我很久。他说，我相信你说的那些都是真的。可是，如果你足够优秀，那么，他们就没有不录取你的道理。现在你被淘汰了，你怨不得别人。你被淘汰的理由只有一个——你还不够优秀。

我想父亲的话是正确的。美术考场的特点是，每个人的画作都是开放的，别人都可以轻易看到。假如我发挥正常，那么，或许我还有被录取的可能；假如我技惊四座，那么，他们肯定会将我录取。可是那天我的发挥是如此糟糕——我看了很多考生的作品，他们画得都比我好。

有时候就是这样。这世上的确有龌龊，有阴暗，有我们想不到的复杂。我们不喜欢这一切，可是我们无法改变。然而我们可以改变自己。我们可以努力把自己变得非常优秀。你变得足够优秀，那么，你才有战胜这些龌龊和阴暗的可能。当你的才华光芒四射，任何龌龊和阴暗，都不能够将之遮挡。

当然，很有可能，你一辈子都达不到足够优秀。可是你应该有将自己变得足够优秀的想法，并将这个想法，变成为自己的行动。假如你只为"变得足够优秀"而活；那么，首先，你不会变得龌龊和阴暗；其次，你会快乐；第三，你极有可能真的变得足够优秀。

现在我所从事的，是与画画毫不相干的职业。可是多年来我一直相信父亲的话：只要你没有成功，只要你被别人击败，就证明你还不够优秀，这时所有的怨天怨地，都是悲观和毫无作用的。你必须让自己变得更加优秀。——这不是对龌龊和阴暗的妥协，这是另一种乐观的人生态度。

山村交通岗

山村悬垂在山腰，不过散落着二百多户人家。可是你相信吗，这么偏远的山村，竟然在村里唯一的十字路口，伫立了一个交通岗。

两条土路交叉，把村子划成大小不一的四块。交通岗从土路的交叉处生长出来，显出楞生生的突兀。那交通岗和城里马路上的没什么两样，甚至因了黯败背景的对比，比城里的更为光鲜和威武。

去山村采风，那个交通岗一下吸引了我。刚下过雨，洗刷一新的交通岗和坑坑洼洼积着污水的土路，呈现着一种极不协调的怪异。山村突现的交通岗已经让我惊讶不已，更令我吃惊的是，在那里，竟然站着一位交通警察！他正以最标准的姿势站立，一丝不苟地指挥着并不存在的车水马龙。他左转身，平举手……右转身，口中的哨子响起……

不过稍一细看，那"警察"却并不是警察。尽管他的衣服和警服有些接近，但无论颜色还是款式，都和真正的警服，有着很明显的相异。

雨后的阳光一点一点加强着烘烤的力度，直射着暴露在交通岗外的他。慢慢地，他脸上的汗滴，汇成流淌的河。

那是一位二十多岁的小伙子，模样很憨，有点儿像《天下无贼》里的傻根。

好像他已经在这里站了很长时间，可是我注意他的漫长时间里，那个十字路口，始终没有经过一位行人、一辆自行车、一辆马车、一台手扶拖拉机……终于，有人来了，却并不是路人。那是一位身体佝偻的老人。老人径直走向交通岗，递给站得笔直的"警察"一个破旧的军用水壶。我见到那警察啪地一个敬礼，然后接过水壶，咕咚咕咚地喝着水，仿佛已经渴到极限……

我追上急欲离开的老人，问他，那"警察"是谁？老人说，我儿子。我问他，怎么会在这里有一个交通岗？老人弄清我的身份后，长叹一声。他说，去我家说吧。

老人的家，就在十字路口的旁边。敞着门，就可以看到那个交通岗。我坐在老人的院子里喝茶，一边看那个年轻人独角戏般地指挥交通，一边听老人给我讲这个几近离奇的故事。

老人告诉我，他的儿子特别聪明，上小学上中学上大学，成绩都是名列前茅。儿子的理想是当一名交通警察，能够站在城市的十字路口，指挥着过往的车辆和行人。大学毕业后，他被县交警大队顺利录取。可就在等待去交警队报道的前几天，为采一朵蘑菇，他从村后的山坡滚了下去。他在医院躺了整整半个月才醒过来，命倒是保住了，人却摔傻了。他几乎忘记了所有的事情，甚至有一段时间，他竟然不认识自己的父母，却唯独没有忘记自己已经被县交警大队录取。每天他都会站在村头，像一位真正的交通警察那样，吹响一只哨子。

于是你要在门口给他立一个交通岗，让他相信自己就是站在县城的马路上？我问。

是的。老人说，好像只有这样，才能够带给他平静和快乐。我听医院的大夫说，让他平静快乐地过好每一天，或许以后的某一天，他才会忆起以前的事情，甚至说不定，还会恢复成原来的样子。那样的话，也许他还真能去交警队上班，当一名真正的警察呢。

老实说那天我并没有太多的感动。对老人和他的儿子来说，这当然是一幕悲剧。可是类似这样的悲剧，世间不是每天都在上演吗？到处采风的我，这类事见得多了，也就有些麻木。至于那个虚假的交通岗，就更接近于闹剧了。我想，当劳作一天的村人扛着农具从这里经过，面对一个手舞足蹈的傻子，他们脸上，将会是怎样一副嘲笑的表情？

可是我想错了。我看轻和玷污了那些村人。那天，黄昏时，那个十字路口的村人突然多了起来。当三三两两的行人、自行车、马车、手扶拖拉机经过那个交通岗时，我看到，他们竟顺从地听任那位"交通警察"的指挥。他们有秩序地停下，等待，看"交警"的手势，然后快速通过。仿佛，那儿真的是一个拥挤的十字路口；面前的傻子，真的是一位名副其实的交通警察。

那一刻我被深深打动。后来我一直确信，在那个偏远的山村，无疑有世界上最伟大的交警、最伟大的父亲、最伟大的村人，以及人世间最伟大的理解和爱。

身体接触

古有美妇，只因被陌生男人碰了一下，便挥刀砍掉自己的手臂。想这女子真是"烈"得可以，"幸运"得可以，万一被碰触的不是手臂而是脑袋，这女子想要锯掉她的头颅，想必会有些难度。

帝王后宫三千，贵族妻妾成群，到处花街柳巷、脂艳粉香，可怜的女子却连被陌生男子摸一下手的权利都没有。想这男人再脏乱差，回家多用些皂角粉洗洗便可，剁之何为？猜想烈女之"烈"，不在其性情，而在那时社会的道德约束、价值取向、意识形态。然那些道德和价值全为约束女子，以供男人们寻欢作乐。剁了，从此成为女子楷模、良家榜样，受人尊崇，令人爱戴，一只手照样睡觉吃饭，值了。

悲剧啊！

身体接触这种事情，西方人绝对比东方人开放随和。熟人相见，先来个拥抱，然后脸颊相贴，啵的一声。男人间、女人间、男女间，皆可如此。在东方，就行不通。你带老婆出门，朋友们依次上前，对准她的脸蛋子啵啵啵一通乱啃，你受得了？当然受不了。受不了，就别去乱啃别人老婆。

但是东方人接受了握手——握手该是最轻微最平常最直接的身体接触吧。据说握手最初是古人为证明手中没有藏有武器，不会伤害于你，历经千年，便成为表示友好的礼节。这礼节妙，不管跟谁，握握手绝不会引起对方反感以及他人反感。当然握住不放，特别是握住女性的玉手不放，再加上直勾勾的眼神，则是另外一回事了。

手的接触，当然不仅蜻蜓点水般的相握，延伸开来，比如手指相勾，挽臂而行，都是身体接触的一部分。并且，从手、肘弯以及臂膀的接触程度，大致可以看出两个人的关系程度。

一对青年男女牵手而行，那么这对年轻人，便该是情侣了；如果女子挽了男子的臂，那么他们，该处于热恋或者新婚状态了；如果两女子牵手或是一女子挽了另一女子的臂，那么她们该是无话不谈的闺密；如果两男人勾肩搭背，又说又笑，则必是好兄弟无疑。

身体接触，多发生在情人间、夫妻间、朋友间、家人间、同事间、同学间、战友间、伙伴间……如果两个陌生人突然发生身体接触，则多是起了争端，或又抓又挠，或拳脚相交，总之一定要靠强烈的身体接触方解心头之气。

当然，还有另一种陌生人之间的身体接触。这接触即使没什么恶意，也让人极不舒服。

比如你去取款机取钱，后面那人偏偏紧贴着你。他（她）当然不是强盗，不是盗贼，不会对你的人身安全和财产安全造成威胁，然这行为还是令你浑身不自在。你扭头给他（她）暗示，他（她）却大度地冲你笑笑：我没事，你忙你的。乖乖！似乎你正在将他（她）打扰，甚至接受他（她）的恩泽。

　　类似情景，还会出现在公交车上、候车室里、超市里、广场上，等等。我想说的是，就算那种接触不会导致剁掉两手的结果，但至少，给人一个看似安全的距离不那么难吧？挤啊挤啊挤，不由得让人怀疑到他（她）的动机。

　　尽管我知道，他（她）其实并没有动机。

生命总该绚烂一次

作为一棵竹，从它开花那一刻，便宣告了生命的失去。然千万棵竹仍然争相奔赴绽放，然后，静静地等待死亡降临。

那也许是竹的宿命吧？开花是宿命，死亡亦是宿命。

其实一棵竹，即使拒绝开花，也会死去。死亡有很多种，意外、疾病、自绝、寿限。竹子开花算什么？意外吗？疾病吗？自绝吗？寿限吗？子非竹岂知竹意？但是，不管如何，竹子开花的那一刻，无疑是它生命里最绚烂最美丽的时刻。在最美丽的时刻死去，竹是伟大的、无憾的。竹不枉一生。

竹如此，人亦如此。

死去之前的生命，总该绚烂一次。

绚烂没有标准。对有些人来说，事业的成功便是绚烂；对有些人来说，家庭的和睦便是绚烂；对有些人来说，能够到处走走，到处看看，便是绚烂的生命；而对有些人，对那些我们常常忽略的残疾人来说，其实，能够站起来，能够看看这个世界，能够听听这个世界的声音，能够赤脚在草坪上奔跑，亦是一种绚烂吧？

关键是我们能够做些什么，关键是我们能够将我们能够做到的事情做到哪种境界？比如竹，它能够开花，它只能够开花，足够了。

绚烂是一种境界。与生命有关，与死亡有关，亦与死亡无关。

请弯下腰

地下通道的出口，男人席地而坐。胡琴端立腿上，持弓的手轻抖，曲子就飘起来了。虽不十分悦耳，可是轻快欢愉，钢琴曲或者小提琴曲，全用了《万马奔腾》的节奏。男人胡须浓密，长发披肩，表情认真投入。他的左前方，摆着一个细颈青花瓷瓶。瓷瓶古香古韵，朋友说那瓷瓶价值不菲。可是他明明在街头卖艺，一柄胡琴，抖得微尘飞扬。

他像一位艺术家，人声鼎沸的大街，是他表演的舞台。

和朋友经过时，每人给了他十块钱。男人陶醉于自己的演奏之中，并不理睬我们。十块钱落到瓶口，停住，如同落上去的一只蝴蝶。蝴蝶静立片刻，偏了身子，降落花瓶旁边。我愣了愣，想捡起来，却终于没动。朋友这时从我身边挤上前去，深弯下他的腰，捡起钱，连同手里的十块钱，一起恭恭敬敬地塞进花瓶。然后他冲男人笑笑，拉了我离开——自始至终，男人没有看我们一眼。

朋友的举动，令我羞愧难安。

我给了男人十块钱。这十块钱绝不是施舍。因为他在演奏。他在演奏，我听了，感觉不错，付钱，天经地义。当然不付钱也天经地义，事实上从他身边经过的大多人都没有付钱。——付不付钱都没有关系，但是，问题是，我付给他十块钱，那么，我应该弯下我的腰。

我应该弯下腰，让钞票落进花瓶而不是落到地上。虽然那一刻男人并没有看我，但我知道，他肯定感觉得到我的态度。一张钞票落进花瓶，对他的演奏，对他的行为，对他的生活，对他的选择，是一种承认，更是一种尊重；可是钱落地上，那么很显然，我的行为就变成了趾高气扬的施舍，那十块钱，也就成为嗟来之食。可是对于他和他的行为，我有施舍的资格吗？

我们为父母弯腰，为爱人弯腰，因为他们是我们的至亲；我们为朋友弯腰，为同事弯腰，因为他们是我们的至熟；我们为领导弯腰，为客户弯腰，因为他们管着我们的钱包，决定着我们的仕途；我们甚至为一只宠物弯腰，一条狗、一只猫，或者一只画眉鸟，只因为，它们能够给我们带来片刻的快乐……

可是街头那些乞丐，那些卖艺者，那些衣食无着者，我们何曾为他们弯过腰？他们或许从事着我们所不屑所不齿的职业，可是他们，明明是和我们一样的人啊！他们理应有着与我们等同的地位，也理应有着与我们等同的尊严。

你可以不给他们一分钱，你可以目不斜视地从旁边走过，心安理得或者趾高气扬，带着无限的优越感和满足感。但是，假如，哪一天，哪一次，哪一条街，哪一个闪念，你想过付给他们钱，十块钱、五块钱或者一块钱，甚至仅仅一枚硬币。那么，请你务必，深弯下你的腰。

弯下你的腰，对于对方，是一种尊重；对于你的品质，又何尝不是？

失踪的戒指

老太太的戒指丢了，她伤心欲绝。戒指是老伴当初送她的礼物，老人说天啊，他送给我一轮太阳。

可是太阳丢了，世界变得单调并且灰暗。老太太寻遍每一个角落，翻遍每一个抽屉，仍然不见她的戒指。老人坐在沙发上抹起眼泪，她说那戒指陪伴我整整四十年……四十年啊，怎么说丢就丢了呢。

老太太说我明明记得把戒指放到茶几上的……每年的今天，我都要把戒指拿出来看……他们把四十年的婚姻叫作红宝石婚……我下楼一趟，回来，戒指就不见了……戒指丢了，他回来要骂我的。老太太喃喃自语，泪光盈满皱纹。

小保姆站在老人面前，陪她伤心落泪。她感到不安和惶恐，为老人，也为自己。一周前她才来到这里，与老太太还不是很熟。老太太的戒指莫名其妙地失踪，别人怎么看她呢？

晚饭时她独自躲到房间里哭泣。老先生敲门进来，说，吃一点儿吧，没有人怀疑你。她说可是那时，家里只有我一个人。老先生问那你拿了吗？她说我没拿。老先生说那不就对了？既然没拿，你完全不必自责……出去吃饭吧，等着你呢。老先生慈眉善目，说话轻声慢语。他绝不像老太太说的那样凶恶，事实上，那时的老太太，神志已经开始不清。

第二天、第三天，戒指仍然没有找到。第四天、第五天，仍然不见戒指的踪影。老太太把所有的屋子扎扎实实地翻了两遍，然后陷入深深的痛苦和绝望之中。她瞅着小保姆说，我弄丢了一轮太阳。

从老太太多次的描述中，小保姆知道那不过是一枚银戒，很小巧，很纤细，戒面雕了淡淡的百合花纹。小保姆知道那枚戒指不值钱，可是她知道它对于老人的意义。闲时与老乡们聚会，有老乡劝她何不为可怜的老人再买一枚那样的戒指？虽然我们都相信戒指不是你拿的，可是为她买一枚，也用不了几个钱吧？小保姆说那不等于我认了吗？老乡说为了你的工作……小保姆说不，这是涉及人格的问题……我宁愿失去这份工作。

后来老先生从沙发缝里翻出一枚戒指，银质、小巧、纤细，戒面雕了淡淡的百合花纹。老先生兴高采烈地把戒指拿给老太太看，老太太只看一眼，目光就黯淡下来。你在骗我，她再一次抹起眼泪，这不是原来的那枚。然后她狠狠地盯住小保姆，说，那是他送给我的定情物……我弄丢了一轮太阳。

这样的事情，几天以后再一次发生。老先生从鞋柜里翻出另一枚戒指，老太太只看一眼就识破了他的伎俩，然后她再一盯住小保姆，嘴中念叨不休。似乎，她确信戒指是小保姆偷走的，只是小保姆不肯交出来罢了。每一天，小保姆都感觉疙疙瘩瘩，如坐针砧。这样又过了半年，老人的儿子从国外回来，小保姆便辞掉了这份工作。临走前老太太还在念着她的戒指，还在满怀希望地盯着小保姆看。

可是她的戒指，终于没有找到。

小保姆另寻了工作，在城市里扎下了根。偶尔，她会去看望两位老人，提一袋水果，陪两位老人聊天。老先生身体仍然硬朗，老太太却是每况愈下。只是她仍然忘不掉那枚戒指，她说如果找不到那枚戒指，她将遗憾终生。

后来她病倒了，躺进医院，头顶挂起吊瓶。几天后老人病危，奄奄一息。那天是她与老伴的金婚纪念日，可是他们没有代表永恒的戒指。老人已经说不出话来，她紧紧地握住老先生的手。

这时门被推开，小保姆轻轻走了过来。她坐在老人的床头，泣不成声。她松开手，她的手心里躺一枚银戒。银戒、小巧、纤细，戒面雕了淡淡的百合花纹。

小保姆说十年前真的是我偷走了您的戒指……那时候小，不懂事。老太太的眼睛忽闪了一下，她抢过那枚戒指，紧紧握在手心。老先生问她，这是那枚戒指吗？老太太说不出话，只是点头。她露出满足的表情，她的眼睛里饱含泪花。小保姆问，您肯原谅我吗？老人笑一笑，再使劲点点头。然后她的头便歪倒了。她在突如其来的幸福中死去。

……

老先生问小保姆，你为什么要这样做？

小保姆说我不忍心让她带着遗憾离去……我想，只要您替我保密，只要我不说，没有人会知道这件事情……

可是我知道你不是贼，老人说，十年前你根本没有动过那枚戒指。

您为什么这样肯定？

我当然肯定。老先生说，因为那天，她既没有拿出那枚戒指，更没有把它放到茶几上……戒指只是她的错觉……戒指在你来之前就丢失了，那时她已经神志不清……根本没有戒指，可是那一天，她却仍然坚信是你拿走了戒指……不敢跟她讲明白，只因为我的自私。我想这样，起码能让她心存希望……

可是您想过有一天我会送来一枚假的戒指吗？小保姆咬着嘴唇，问。

当然没想过。老人说，可是现在我竟相信，那枚丢失的戒指在某一天里，真的能回到我的手中……当一位非亲非故的人肯为一位老人的心愿认下贼的名字，这世上，还有什么不可能发生呢？

是一尊雕塑

　　男人站在很小的广场上，广场上人流如织。他的浑身上下涂满了白色的油彩，他摆出或庄重或滑稽的造型，一动不动。他将自己装扮成一尊雕塑，一尊供行人驻足观赏或者匆匆一瞥的雕塑。他的身边放一个敞口的陶瓷花瓶，那里面散落着几张行人投掷进去的零钞。他说他在工作。他的工作方式让我感到新奇。

　　和他聊过天。每隔一段时间，或一小时，或两小时，他都会坐到旁边的石凳上休息，抽一根烟，或者喝两口水。我问他别人能接受您的这种行为方式吗？——毕竟这里不是欧美。他说肯定有人接受不了，但肯定有人喜欢。他指指不远处的那个花瓶，骄傲地说，我的工作不是无偿的，我靠它来糊口。我小心地问他，您的身体，有什么不便吗？他说没有。我身体很棒，一口气能做五十多个俯卧撑。我说似乎您站在那里一动不动，并不轻松。他说岂止是不轻松，是非常累。我说那为什么不试试换个别的工作？他说为什么要换别的工作？这工作难道不好吗？那天，当我发现这广场上似乎缺少一尊雕塑，我就站在这里了。我可能是这个城市里最有成就感的人——只有我才敢扮成雕塑，我是城市的唯一。他喝了两口水，告诉我，他要继续工作了。然后他站起来，继续扮成雕塑。

他的收入并不多。很多人认为他的行为是免费欣赏的，不必为他支付酬劳。他也不要，只管一动不动地站在那里。也曾提醒过他，说您可以提醒别人付给您钱。他笑笑说，您见过张嘴说话的雕塑吗？我说那您可以做一个小的提示牌，放在花瓶旁边。他很不高兴地说，我又不是乞丐。

我弄不懂他的意思。他自认为在工作，又并不要求别人必须支付他酬劳。他说他不是乞丐，那么难道他是艺术家吗？我只知道在夏天里，常常有人躲到他的阴暗里，以避开毒辣的阳光。事实上很多时候，他仅仅为别人充当了一把遮阳伞。——也许躲在他影子里的那些人，真把他当成了一尊不会疲倦的城市雕塑。

可是后来，那个小广场真的多了一个雕塑。是真正的雕塑，真人一般大小，伫立在广场的中央。那么他，似乎是多余的了。

那几天他变得垂头丧气，神情很是落寞。我陪他喝酒。两个人坐在石凳上，一包花生米，几罐啤酒。我说您还可以重新找个地方，比如公园，比如码头，比如超市门前，比如别的广场……他说不行，那样不协调。我问什么不协调？他认真地说，我和背景不协调，文化内涵上的不协调。我笑。我说有这么严重吗？我没敢多说。我想他把自己看得过高过重了，这远远超过事实。他扮成一尊雕塑，还要考虑雕塑与背景的搭配，还要考虑城市文化的相互协调，显然，这太过认真，认真得近似于神经质。事实上，我想，不管他如何努力，他的行为也是乞讨或者接近于乞讨。那不过是一种文明的或者文雅的乞讨方式而已。我想那并不是真正的艺术。

几天后他就重新开始了工作，仍然是那个小广场，仍然在身上涂满白色的油彩，仍然扮成一尊雕塑。他充分利用了那尊真正的雕塑。那雕塑真人一样大小，那雕塑手持一把宝剑。有时他也会手持一把宝剑，扮成与雕塑对决的剑客；有时他会手捧一个剑鞘，扮成雕塑的徒弟或者仆人；甚至，有一天，他蜷曲双腿躺在地上，扮成被雕塑杀掉的敌手。他与雕塑浑然天成，真假难辨。——他其实也是一尊雕塑。

他的收入似乎比以前多。我想这是对一尊敬业雕塑的最好奖赏。

那天我请他喝酒，还坐在那个石凳上，还是一包花生米和几罐啤酒。是正午，我记得阳光很毒。我说您近来收入不错。他说是这样。不过那些钱，我只能拿走一半。问他为什么只能拿走一半，他说，另外一半，想上交市容部门——他们是城市雕塑的拥有者。我说谁规定的？他说没有人规定。可是必须这样。您想，我们两尊雕塑赚下的钱，岂能由我一个人独吞？不管他们接不接受，我都会把钱分出一半给他们。把钱给了他们，我才心安。我说你也太认真了吧。他喝下一口酒。他说，您不懂。

我当然不懂。我搞不明白他为什么这样固执。他的行为甚至带有一些自虐的色彩。可是现在，我知道，他已经不再是乞丐。——其实他以前也不是。——只不过，我，以及城市里大多数人，自以为是地把他当成一位乞丐。

问他留下的那一半钱够不够花。他满意地说，够了……我还有一个读大学的儿子，我还得为他赚学费。我问他的学费全部靠您吗？他说是……我是离过婚的。问他，您儿子同意你以这种方式赚钱吗？他苦笑。他说，当然不同意。他不仅仅是怕我辛苦，还因为，在他看来，我的行为是怪异和荒诞的，是令他感到羞愧不安的……他甚至偷藏过我的油彩。我说那您还要做？他说，要做。因为他是我的儿子，因为我的儿子在读大学，因为读大学是要花钱的。

我们很长时间没有说话。他脸上的油彩几乎全部被汗水冲掉。他开始为自己补妆。他一边往脸上抹着油彩一边说，总有一天他会懂我的，就像您懂我一样。然后他站起来，他说中午我想加加班。他要开学了，需要很多钱……

我想我愧对他的夸奖，因为我曾经把他当成一位乞丐，还因为我其实并不懂他。我永远无法深入他的内心，或许也永远无法理解他的行为。现在我只知道他是一尊雕塑。而这尊雕塑，对我们来说，似乎可有可无。——不管他把自己看得有多重要。

今天他扮成一位帝王。那尊真正的雕塑成为他的护卫。一位娇小美丽的姑娘缩在他的影子里，急急地往脸上扑着香粉。他站在那里，高傲着表情，一动不动。他为姑娘遮挡了阳光，却无人为他擦一把汗水……

手 心 朝 下

　　老女人穿了红色的旧款毛衣，她把毛衣当成外套来穿。她伸手拦住我，轻声说："给我一块钱，我要坐车去看女儿。"她的目光混浊，诚恳中带着几分凄惶，一道道竖起的皱纹挤满嘴唇。她该是迷路了吧？或者丢了钱包。我问她能找到女儿吗？她点头说能。

　　找出十块钱给她，她却不接。她袖起手，为难地说："我只要一块钱。"我告诉她，我身上没带一块零钱。她马上提醒我说："你可以买包烟。"

　　她接钱的样子很怪异。一只手本来向上摊着，可是在接钱的瞬间突然翻转，手心朝下，两指如钳。来不及多想，我等候的厂车已经驶过来。

　　几天后在街上再一次遇见她。那时已是初夏，花草葳蕤，天气闷热，可是她仍然穿着厚厚的红色毛衣，见了我，凑上前来，试探着说：

"给我一块钱，我要坐车去看女儿。"

原来她是一个骗子。这毫无疑问。她看我的目光是陌生和拘谨的，她已经不认识我了。那天我没有理她，可是她还是从旁边一位姑娘那里要到一块钱。她惶然地笑着，手心向下，拇指和十指飞快地捏走那枚硬币。她没有说谢谢，可是腰弯得很低，嘴巴几乎吻中膝盖。

一个月以后，在街心花园，我又一次见到她。她凑上来，盯着我的脚，说："给我一块钱……"

"您是要坐车去看女儿吧？"我的话中带着讥诮。

她讪讪地笑着，说："给我一块钱……"她的红毛衣已经很脏很旧，胸口和两肘的位置磨得发亮，光可鉴人。

"那么，您女儿在哪里？我送你去。"我向她发起挑衅。

"不用，不用麻烦。"她紧张起来，"她在白石岭，很远呢……"

的确很远，从这里去白石岭，需要大半天时间和十二块钱。我厌恶地转过头去，不理她。她在我面前站了很久，终于极不情愿地离开。她转身的动作很慢，先是脚，再是腿，再是腰，再是肩膀，再是脖子，再是头，最后才是目光。她让我心生怜悯。尽管她是骗子，可她毕竟是一位老人。

她在很远的地方讨得一块钱。她在接钱的时候，永远手心朝下，永远伸出两根手指去捏。怯生生的，却迅速，目标直接。

与朋友谈起此事，朋友大声说："她啊！"

"你知道她？"我好奇地问。

"只要在小城住一段时间，不想知道她都不行。"

"她很有名吗？"

"是的，很有名……你注意到她接钱的时候永远手心朝下吗？这表示那一块钱不是乞讨来的，更不是你施舍的……你注意到以前打把式卖

艺那些人吗？他们靠卖艺吃饭，接钱时，和她一样的动作……这是和乞
丐有区别的……"

"可是她什么也没有做。她只是说，给我一块钱，她要去看……"

"你不用怀疑，她的确是去看她的女儿。"

"可是这里离白石岭很远，一块钱远远不够。"

"所以当她想去看女儿的时候，就会在大街上待很长时间，直到要
够往返路费。"

"可是她女儿……"

"她女儿以前和她一样，靠乞讨。她有精神病，间歇性的。那时她
女儿还小，每天拽着她的衣角，在大街上转……不过她女儿会唱歌，一
副好嗓子，唱一曲后，再收钱。别看那女娃小，机灵呢。懂得也多。她
告诉母亲，接钱时，一定要手心朝下……可是那女人哪里记得住？这
么多年的沿袭，不好改的……后来她女儿长大了些，就死活不让母亲去
乞讨。可是不去乞讨干什么呢？她们养不活自己的。后来她女儿终于有
了份工作，是在白石岭的采石场上班。砸乱石，也放炮。是一九八几年
的事吧？本以为上了班，母女俩再也不用沿街乞讨了……她们不是本地
人，她们流浪至此……"

"她女儿，还在那里工作吗？"

"她死了。"朋友说。

"死了？"我震惊。

"死了。上班没几天就死了。"朋友慢慢喝着水，"哑炮，隔一个
晚上没响。早晨她去看，竟轰一声，地动山摇……本来她头天要去看女
儿的，可是为了省一块钱……那时一块钱能打个来回……那时采石场常
死人……就葬在后山。剩下她一个人了，脑子又受了刺激……她本来
就有间歇性精神病的……她能干什么呢？想女儿想得受不了，就去白石

岭。每隔几天，上街跟路人要一块钱。她只要一块钱，她脑子里只装着一块钱……可是很奇怪，她竟记住了女儿的话，手心永远朝下……她认为自己不是乞丐吧？可是，她仍然在乞讨……"

她仍然在乞讨。永远只要一块钱，然后去看她永远沉默的女儿。——那么，她是一个诚实的乞丐吧？

只希望她在接钱的时候，那手心，永远朝下……

天 籁 之 声

男孩迷上了小提琴，如醉如痴。

每天他都站在小区花园的一棵馒头柳下面，将小提琴锯出杀鸡般的声音。有路人经过，便陡然皱起眉头。这噪音令他们的头发根根竖立，让全身落满密密麻麻的小疙瘩。他们的表情让男孩伤心不已，于是他把练琴的地方，挪到自家阳台。

仍然吵。或尖锐或沙哑的声音刺透清晨或者黄昏，折磨着每一个人的耳膜和神经。受不了了，就过来敲门，求他不要再拉，求他的父母管管他。他们说艺术需要天赋，既然他没有天赋，就算再拉下去，也不过浪费时间罢了。他们的话让男孩伤心欲绝，咬着嘴唇关紧门窗。

于是每个夜里，房间里总是回荡着令人不堪忍受的杀鸡或者挫锯的声音。那声音让父亲无法集中精神读完一页书，让母亲无法不受干扰地看完一集电视剧，更让他神经衰弱的奶奶，夜夜心脏狂跳不止。父亲想这样可不行，得给他找一个真正不打扰别人的地方。

地点选在一个偏僻的公园。虽然偏僻，但毕竟还有三两游人，而待琴声响起，那些游人，立刻消失得无影无踪。

男孩的自尊心和意志力被一点一点地蚕食。好几次，他动了摔琴的心思。

可是那一天，练琴时，偶然遇上一位老人。老人静静坐着，手指和着他的琴声打着明快的拍子。当一曲终了，老人甚至递他一个微笑。一瞬间他有受宠若惊的感觉。他想莫非他的琴声变得悦耳了？回去，站在小区里，琴弓刚刚滑动，路过的行人便一齐皱了眉头，匆匆逃离。

他不解，在公园里偷偷询问别人。别人说那老头是个聋子啊！几年前开始耳背，越来越厉害，现在，几乎听不到任何声音。男孩刚刚鼓起的信心再一次受到打击，他垂头丧气，几乎真的要放弃拉琴了。

却突然，那天早晨，老人主动和他搭讪。

老人说你肯定听别人说起过我的事情吧？其实我一点儿都不聋，只是稍有些耳背罢了。他给男孩看了他的助听器，说，不信的话，咱们可以测试一下。男孩跑到很远的地方跟老人打招呼，果然，老人的耳朵灵便得很。老人说我喜欢听你拉琴绝不是装出来的，虽然你拉得并不是很好，但绝不像他们说得那样糟。你知道我有个儿子吗？我有个儿子，现在在一个交响乐团拉小提琴，刚开始学琴的时候，拉得可比你难听多了。一段时间他也有放弃的打算，我跟他说，世间事，只要是你喜欢的，对你来说，就是对的。哪怕将来不能从事这个职业，当一个爱好不也挺好吗？这样他便坚持下来，两年以后终于能够拉出漂亮的曲子。现在有人夸他的演奏是天籁之声呢。老人自豪地说。

男孩向别人打听过，果然，老人有一位在交响乐团拉小提琴的儿子。看来老人没有骗他。看来老人喜欢听琴，并非出于对他的同情或者怜悯。老人是他世界上唯一的知音。

每一个清晨，老人都会准时在那里，听男孩把小提琴拉出一支支不成调的曲子。老人说听到琴声就想起远在他乡的儿子，想起儿子的童年，男孩的琴声无疑就是天籁之声。后来男孩的听众竟然慢慢多了起来，那时候，他真的可以拉出一支还算悦耳的曲子。

几年以后，男孩的小提琴已经拉得很成气候。他如愿以偿地考上一个文工团，成为一名小提琴手。他并非很有天赋的人，但他无疑是整个团里最刻苦的人。他知道自己永远成不了顶尖的小提琴演奏家，但他对自己的生活非常满足。

春节回老家，顺便去探望老人，恰逢老人的儿子回家过年。说起他练琴的事情，老人的儿子，只是淡淡一笑。

他问你笑什么，难道我说错了吗？难道小时候的你没有把琴拉得很难听吗？

老人回答说当然没有。他小时候就拉得非常好，他天生就是拉小提琴的。可是在那时，我想，如果我不那样说，如果我不假装欣赏你的琴声，你极有可能彻底放弃小提琴。其实我说的天籁之声，也并非完全在骗你，只不过我把时间，提前了十年而已……可能你没注意到吧？很多次，在你演奏时，我曾偷偷摘下过助听器。不然的话，我想我的耳朵，可能真的会因为你的曲子而聋掉……

老人的话，沙哑低沉，然而在他听来，字字宛若天籁之声。

辑四／一条巷的记忆

茶　趣

　　大多文人的书房里，必有茶。无论读书写作，沏一壶茶，文人的感觉就有了。所以我总认为"红袖添香"也许不仅指美丽的女子往香炉中捻一根香这样简单。虽然读书时，香炉之"香"很重要，美人之"香"也重要——"素腕秉烛，灯如红豆，一缕暗香，若有若无，流淌浮动，中人欲醉"，却又感觉，既然有好书有美人，还应该有茶香。美人时时挑帘而入，添水，沏茶，茗香袅袅，相视而笑。读书人的日子，赛过神仙。

　　然茶绝不仅仅属于书房。田间地畔，市井妓院，饭铺烟馆，澡堂子修鞋摊，全都离不开茶。讲究些的，一把紫砂壶，几个小泥杯，一把好茶，一壶好水；一看，二闻，三品；要的是派，早道，是意境。不讲究的，一个大瓷缸，一把粗茶叶，茶叶扔进茶缸，添满水，捂上一会儿，就可以"滋溜滋溜"地一层一层揭着喝。喝茶好，去火，提神，强身，治病，消解无聊。

"捧一把茶壶，中国人把人生煎熬到最本质的精髓。"多年以前，林语堂先生这样说。"煎熬"一词，不是忍受，而是享受。

刘禹锡在他的《尝茶》中写道："生拍芳丛鹰觜芽，老郎封寄谪仙家。今宵更有湘江月，照出菲菲满碗花。"这茶，就尝得有情趣，更有情愫。刘禹锡是个文人，文人尝茶品茶，喜欢留下一点儿文字，自娱或者娱人。老百姓则不管这些。对中国的百姓来说，茶就是日子，就是除了"柴米油盐酱醋"以外的最重要的生活资料，可以马虎，但缺不得。

如今，城市里的茶馆多起来。但此茶馆，却绝非为了喝茶，而与"国粹"麻将有关。茶馆为打麻将，边打麻将边喝茶，得佩服中国人的想象力。于是，神州大地，茶馆里麻声四起，吆五喝六，重要的在于五筒或者八万，与茶反倒没有一点儿关系了。当然也有喝茶的茶馆，却多装修成民国或者晚清的模样，穿着旗袍露着白生生的大腿的美女为你表演茶道，二十七道程序，一道也不能少。往往，一壶茶喝下来，那边的麻将，早已打通了八圈。

还是喜欢那种纯粹的茶。我指的是，茶在其精粹，而不在其外在。表演的程序不必太过烦琐，只要有一口纯正的茶汤，有一二知己，至多再配上一首古曲，几点墨香，文人的日子便有了滋味。至于老百姓，喜欢就讲究一点，捧一把泥壶，一看二闻三品，不喜欢就随意一些，一个大茶缸甚至一个罐头瓶，也能把粗砺的日子，过得丰富起来。我知道，茶从诞生的那天起，就绝不应该只属于某一个阶级或者某一种人群。俗话说"粗茶淡饭"，再怎么穷，一把茶是少不了的。

回到书房上来。我认为，文人夜读，可以没有添香的红袖，但绝不可以没有一壶茶汤。西方人喜咖啡，中国人喜茶，咖啡口味单一，茶却一泡有一泡的滋味。茶是上天赐予中国人特别是中国文人的礼物，所以，珍惜并热爱它吧。

如 墨 人 生

墨，上"黑"，下"土"，顾名思义，即黑色的土或者石头。中国之墨，即墨锭，通过水和砚的研磨，产生墨汁，用毛笔蘸之，可以书写和绘画。墨在"文房四宝"中排名第二，是古代书房中不可或缺的文具。

墨的别称很多：玄圭、玄玉、玄珠、乌丸、乌玉玦、松液、松煤、松腴、麝煤、珍煤、灶煤、书煤、黑蛟、翠饼、龙宾……由此可见，对墨的称呼，以"煤"或"黑"者甚多。事实上，很长一段时间，一直有古人将墨与煤混淆，认为墨即是煤，煤即是墨。然两者虽然颜色相似，却绝对是两种东西。

宋欧阳修在他的《石篆》中写道："山中老僧忧石泐，印之以纸磨松煤。"宋黄庭坚在他的《答王道济寺正观许道宁山水图》中写道："往逢醉许在长安，蛮溪大砚磨松烟。"宋苏轼在他的《六观堂老人草书》中写道："苍鼠奋须饮松腴，剡藤玉版开雪肌。"明高启在他的《赠卖墨陶叟》写道："往逢醉许在长安，蛮溪大砚磨松烟。"……他们给了墨太多赞美，可是墨并未因此而长得漂亮些。依然黑不溜秋，每一块墨，都像烧焦的化石。

正因为黑，才成为墨。才能画画，写文章。如果红了，就成了朱砂。如果白了，就成了观音土。

黑是墨的标准之一并且是非常重要的标准之一。

我国一直有"近朱者赤，近墨者黑"的说法。这句话里，"赤"是褒，"黑"是贬。我挺讨厌这句话，尽管我知道这句话比喻的是环境，对"墨"和"黑"并无恶意。但一个人变好变坏，关键在于其本身而绝非环境。中国还有一句话叫作"出淤泥而不染"，怎么解释？"朱"和"墨"都没有错，错在人。

作为一个文人，我认为，不但要"近朱"，还要"近墨"；可以"风花雪月，鸳鸯蝴蝶"，亦可以"指点江山，激昂文字"。我指的是，文人不仅要看到真善美的东西，还应该看到假恶丑的东西，看到社会的毒瘤甚至脓疮。至于看明白以后，要不要去做，怎样去做，则全是文人的个人事情了。但，不管如何去做，我们都不能去骂，去指责，去说三道四。

鲁迅是文人，张爱玲也是；屈原是文人，李清照也是。

回到墨。墨与砚相磨，才有了墨汁，并且这墨汁，陪伴国人两千余年。当然那墨不仅仅只是"黑色的土"，其还加入了二十多种其他原料，经过点烟、和料、压磨、晾干、挫边、描金、装盒等工序精制而成。在我国，最有名的墨是"徽墨"，其色泽黑润、坚而有光、入纸不晕、舔笔不胶、经久不褪、馨香浓郁、防腐防蛀，宜书宜画，素有"香彻肌骨，渣不留砚"的美称。至于现在我们常用的"墨水"，其早已抛开了砚不说，且有红、蓝、黄、紫、绿等各种颜色。功能是细分了，但总感觉少了"墨"的丰富感和层次感。墨仅有一黑，却包融万紫千红，画了山，描了水，便可感觉到世间万彩；红黄蓝颜色再多，画红也是红，画黄也是黄，画蓝还是蓝，少了些丰富和底蕴，扼杀了诸多想象空间。个人之见，不一定正确。

很多时，我想，做人，还是如墨般好。当然我指的是去掉烦琐和装饰，而非指黑的内心。包公黑如墨，却是百姓心中的青天。太多人道貌岸然，内心却早已变黑。如墨人生，看怎样理解，如何修行。

麦光铺几净无瑕

　　苏轼在他的《和人求笔迹》中写道："麦光铺几净无瑕，入夜青灯照眼花。"此"麦光"，即唐时龙须所产的优质宣纸。而在宋人米芾的《寄薛郎中绍彭》，则将纸称为"云肪"："象管细轴映瑞锦，玉麟棐几铺云肪。"相比之下，我更喜欢"麦光"的说法，干净、利索、不油腻，意境深远。

　　纸不但排名"文房四宝"之三，还是我国古代四大发明之一，其对世界所做出的贡献、产生的影响，无论用什么样的赞美之辞，都不过分。

　　纸张发明以前，人类想要记录什么，只能依靠龟甲、兽骨、树皮、竹简、木片、绢帛、皮革，等等。这些东西笨重不说，价格也不菲。所以感谢蔡伦，他让我们用上了轻便并且可以反复再生的纸张，它让读书人不仅读得起书，并且读书时不必耗费太大的体力。因为你很难想象手捧着龟甲或者牛腿骨看完一部《红楼梦》的感觉。那不是在读书，那是在练举重。

在我国古代，应用最为广泛的是宣纸。这当然与我们写字画画均用毛笔有关。后来又有了包装纸、新闻纸、复印纸、打印纸、面巾纸、卫生纸……纸的用途越来越广，分类越来越细。甚至，很多纸，看起来已经不再像纸。然不管如何，我认为，纸的最主要的作用，一为书写，二为传播。书写是由内至外，传播则是由外至内，同样一张纸，对我们自身的作用，却不相同。

但是，随着工业造纸越来越发达，也给我们带来了污染。所以，"麦光铺几净无暇"中的"无瑕"，必会带来别处的"有脏"。造纸工业在生产中所产生的废水、废气、废渣、毒性物及噪声等会对环境造成严重的污染，对其进行控制、防治和消除处理，使周围环境不受或少受影响，已成为现代造纸工业一项重要内容。不知道当初的蔡伦和他的徒弟孔丹（据说是生宣的发明者）看到如今的工业造纸术会怎样想？高兴，还是哀叹？

人生如纸。婴孩时，一张纸洁白无暇，真如苏轼所云——麦光铺几净无瑕，但慢慢地，随着他长大成人，就会变得越来越复杂。他每做一件事情，好的或者坏的，满意的或者不满意的，高兴的或者悲伤的，都会在这张纸上写下一笔。于是这张纸越写越多，越写越多，到最后，当他老去，一张纸写得满满当当。他拿起这张纸，就会看到自己的一生。这是什么？这是一个人的历史。如果这个人换成国家，就是国家的历史。换成世界，则变成世界的历史。历史与纸有关，亦与纸无关。肯定有关的，是书写者与当权者。

现在的我们，文人或者非文人，可以逃得开笔，逃得开墨，逃得开砚，却绝逃不开纸。或者，即使逃得开书写用纸，也逃不开生活用纸。

纸也许是"文房四宝"里冲出书房并在我们日常生活中应用最多的东西。对纸来说，这并不掉身价。在书房里，纸所代表的是文章，是雅；在日常生活里，纸所代表的是日子，是俗。

雅与俗，一起构成人生的琐碎与追求。

笔的前世今生

　　从古至今，笔的模样，可谓千变万化。我认为最早的笔，就是一根手指。手指蘸了水，或者动物的血，就可以画出画，写出字，涂鸦出各种各样的图案。后来，笔又变成竹签，变成芦竿，变成刻刀。此时的笔，仍然光秃秃的，不像一支笔。再后来，笔在中国加上了毫毛。笔在西方变成了羽毛，笔终于慢慢成形，有了如今的"笔"的模样。

　　古时中国文人对毛笔的称呼，可谓五花八门：玉管、翠管、银管、象管、筠管、斑管、紫毫、弱毫、霜毫、秋毫、柔翰、寸翰、栗尾、鸡距、诸毛、毛椎、退锋郎……在对"文房四宝"之首的毛笔上，文人们毫不吝啬自己的想象力。

　　元白仁甫在他的《阳春曲题情》中写道："轻轻斑管书心事，细摺银笺写恨词。"唐罗隐在他的《寄虔州薛大人》中写道："会得窥成绩，幽窗染兔毫。"清龚自珍在他的《己亥杂诗》写道："霜毫掷罢倚天寒，任作淋漓淡墨看。"……文人可以用任何词语来说毛笔，就是不会用"笔"来说笔。很少有文人会单独写一首赞美毛笔的诗篇，毛笔不过出现在他们的某一首诗中，借以表达自己的清高、激愤、忧伤、闲淡……

我认为笔是应该歌颂的，因为它让我们的历史发生了天翻地覆的变化。什么叫"文明"？就是有了文字。有了文字，便可记载，当然也可虚构。文字是需要笔来书写的。笔的发明远早于纸的发明。笔比纸重要的多。

在我国，传说最早的毛笔是由秦国大将蒙恬发明的。他带兵打仗，给秦王传递战报，无意之中，发明了毛笔。而在西方，笔的演变则简单得多。羽毛笔相比之下，简洁并且好用，并且最接近于钢笔的构造——西方人没有用毛笔的时间和兴致，所以他们总是不太理解中国的文化。

后来笔就有了各种各样的形态和分类：铅笔、蜡笔、圆珠笔、钢笔、水彩笔、油画棒、碳素笔……再细分，还有绘图笔、炭笔、原子笔、投影笔、牛奶笔……社会发展得越来越快，笔终于不再像笔了。

我认为键盘也是笔的一种，因为它能够写出字来。能写出字来的，都是笔，而不必管它能不能出墨水，有没有毫，有没有尖，或者有没有帽。甚至，有些写不出字来的，也是笔，比如心笔。

有人说电脑是这个时代最糟糕的发明，我却不这样认为。作为一个职业的文字工作者，电脑写作让我省下很多时间，少掉很多疲惫。但不可否认的是，也许因为太过轻松，所以我的文章里，不可避免会出现一些废话。这不是电脑和键盘的错，错在我。"笔"是无罪的。

笔能够排在"文房四宝"之首，足见它在中国文人心目中的地位和不可替代。但请注意，"文房四宝"之"笔"，是指毛笔，而非指钢笔、圆珠笔、碳素笔、键盘……现在的文人，还有几个人的书房里有一支毛笔？有，但不会太多。或者，那毛笔充其量只是一个道具，是"雅"的形式，不是"雅"的内容。

以前，写毛笔字，是一种基本技能；现在，写毛笔字，已经是一种消遣或者本领了。很多人把写毛笔字说成是写"书法"，我想，他们是在或有意或无意地将"写字"与"书法"混淆。

毛笔是好东西，书法是好东西，即使离我们的生活越来越远，也不能扔下它们。因为它们是老祖宗留给我们的财富，扔了，我们这几代，就是败家了。

书房里的案几桌柜

书房里除了笔墨纸砚，除了书，除了茶，还应该有案、几、桌和柜。因为那些东西，总不能全都堆在地上。

案，即画案或者书案。自古书画不分家，中国古代的文人，除了会写字，多会画那么几笔。宣纸铺上案，梅兰竹菊、花鸟虫鱼、亭台楼阁、名山大川跃然纸上，不管作文还是画画，胸中自有丘壑。案在书房中的重要性，远甚过几、桌和柜。无几，可去厨房或者院落喝茶；无桌，可用泥坯砌一台；无柜，书可摊在床上地上。但古人写字，必得一案。现在案虽然距我们越来越远，但我认识很多文人，对案仍然情有独钟。买一案，抬回家，从此画画写字，乐在其中。只不过那些案多摆在客厅的角落——没办法，书房太小，文人多清贫。也有摆在书房里的，却多是摆设，平时并不用——那些并不是真正的文人，说附庸风雅也不为过——所以一件物品的价值，有时候并不取决于它的位置——对

"案"来说是这样，对一些人尤其是一些所谓的名人或者官人来说，也是这样。

说几。我说的几，是指茶几。古人的茶几与现代人的不同，它们笨重并且典雅。说笨重，因为它们用料实在，多是结实的木材；说典雅，因为它们多小巧，放在书房一角，不显山不露水，却恰到好处。讲究的几，多雕了细密的图案，几腿也是古朴的造型，看起来就舒服。几为茶生，有茶必有几，有几必有茶。但对现代人的书房来说，几与案一样，同样可有可无。书房的面积是个大问题，有无闲暇喝茶同样是大问题。即使一定要喝茶，一个玻璃杯、瓷杯或者紫砂杯就可以搞定。我们的书房，甚至我们，与古人们渐行渐远。

说桌。猜想那些清贫的古代文人，无案无几的，也许多在桌上完成了他们的文章。当然他们的桌绝非书桌，而是饭桌。撤掉盘子和碗，取来笔墨纸砚，饭桌就成为书案，成为书桌。但是现代人的书桌就不能用饭桌来代替。为什么？因为现在的书桌上，得放一台电脑。似乎电脑正在成为我们书房里最重要的一件物品，别的可以没有，电脑不可或缺。商家们当然也这样认为，所以我们的书桌，一定要有放电脑主机的柜子，一定要有能让电线们穿过的孔洞——书桌放下架子，完全为一台电脑设计。所以，尽管我喜欢简单的书桌，但其一买不到，其二买到也不好用。因为我也离不开电脑。——写作离开电脑，只靠纸和笔，也许会出人命。

说书柜。我总认为书柜是书房里可有可无的东西，以前是这样，现在是这样，以后也是这样。我见过作家马原的照片，书就那么随便堆着，一个小脑袋从书的缝隙里闪出来，看起来就充满智慧。现在的书柜和书架多位一体，上下柜，中间架，占据一面墙，气势磅礴。但那些书，有几个人真正读过？或者，就算那些书对某个文人真有必要，但是否有必要那样展示出来？我认为真正的文人对自己的书是很了解的，看似随便一丢，实则丢在哪个位置，了如指掌，完全不必摆在书架上如同一面长城。然不管如何，书们摆上书架，书房就有了书房的样子。因此"可有可无"似乎还有一层意思——有比没有，重要很多。

说白了，书房是让思维驰骋、心灵安静的地方。所以其实，笔墨纸砚、书茶案几，都不是那么重要。

重要的是人心。

天公娇子性通灵

"天公娇子性通灵，风沙磨砺俏玉容。冰晶玉肌飘清韵，暴雨洗礼驻彩虹。"此诗为屈原所作，赞美的是新疆和田玉。

中国人喜玉，历史悠久。新石器时代早期的人们就将玉"磨之为兵，琢之以佩"。就是说玉在那时候，既可以被磨成打工具和武器，又可以稍经雕琢，佩为饰品。史前没有君王，所以那时对玉的使用多为"民用"，其方式可以延至美身、祭祀、瑞符、殓葬等生活的诸多方面。古人认为玉有防妖避邪和通灵的作用，便用玉做成了杯、碗、碟等祭祀用具和玉镯、玉簪、指环、烟嘴等装饰品。玉在古人的心目中，绝对至高无上。

从古至今，玉在我国的使用，大约可分为"神玉阶段"、"王玉阶段"和"民玉阶段"。神玉阶段又叫巫玉阶段，产生于距今一万年至四千年以前。史前玉文化的发展和繁荣的推动力是神，而神是巫觋创造出来的，并以此统治社会。说直白些，那时候，玉多出现在巫师手里，用以祭祀和殓葬；从夏开始，一直到清，玉则迎来它的王玉阶段——王掌握着生产、使用玉器的大权。此时，玉器的主要功能为礼器、祭器、仪杖等。也就是说，玉几乎成为皇家帝王的专属品，普通百姓难得一见。而从宋开始，直到清末，则为中国玉文化的民玉阶段。此时虽有皇家将玉把持，但由于工商业发达和玉器的商品化生产，一些富贵人家和地方当权者便大胆置朝廷的禁制于不顾，从店铺购置玉器用于喜庆、佩戴、文房、宴饮、鉴赏、收藏等。民玉是商品玉，没有礼玉特殊的阶级属性，特点是与民间生活更加贴近，有着生动清新的艺术风格。近些年，民间多有民玉发现，其造型风格和题材的选择，与王玉大不相同。

中国人喜欢佩戴玉，把玩玉，欣赏玉，赞美玉，大抵与"玉有五德"有关。哪五德？仁、义、智、勇、洁。如果一个人具备了上述五德，就接近完人了。所以，在很多中国人的心中，玉一直被神化为"完美之石"，这是其他普通的石头所难以超越的。

然"玉"和"玉石"却完全是两个概念。严格来说，玉专指软玉和硬玉，而玉石则是统称，包括玉和那些外观似玉的贵美之石。所以我们常听到某些藏家将一些奇形怪状的石头称之为"玉石"，其实他并没有胡说八道。

玉有软玉和硬玉之分。我们平常所说的"玉"多指软玉，又可细分为白玉、黄玉、紫玉、墨玉、碧玉、青玉、红玉等。其中黄玉色如鸡油，紫玉为淡粉色，墨玉多着黑点，青玉暗淡发青……而硬玉，就是我们常说的翡翠，颜色有黄、白、绿、紫、红、黑、蓝之分，并且多种颜色可以在同一块翡翠上呈现。能够拥种三种以上颜色的翡翠极为稀有，被称为三色翡翠或者三彩翡翠，又被称为"桃园结义"或者"福禄寿"。

我国四大名玉是指新疆和田玉、河南独山玉、辽宁岫玉和湖北绿松石，其中以上等的和田玉最为珍贵。四大名玉产地，我只去过岫玉的产地辽宁省岫岩镇。却并非是为淘玉，而是因为别的事情路过。记得吃饭以前，有两个朋友扛了铁锹，说要去山上挖玉，以为他们是开玩笑，想不到只过了一会儿，两个人就回来了，并且抱回一块很大的玉石。玉石不是他们挖来的，而是他们拣来的——山上有切割玉石的工厂，将一块玉石切开，扔掉了皮子，所以确切说，他们不是拣回一块玉石，而是拣回一块玉石的皮子。那块玉石皮子很大很润很光滑，朋友说加一个底座，就可以做成一个很漂亮的客厅或者书房的摆件。这让我一直后悔没有随他们去山上拣玉，而是坐在桌边喝啤酒。

这件事说明了什么？这说明，岫玉虽属四大名玉，价格却并不昂贵甚至很便宜，便宜到一块还算不错的玉石皮子就可以随便扔掉。那天晚上我在岫岩的几个玉店里买了很多玉，却没有花上几个钱。问老板，这些玉不会是假的吧？老板说，在我们这里，即使用玻璃制造假玉，成本也会超过真正的岫玉。他的话是真的，从那块被丢弃的玉石皮子便可以看出一二。好像近几年岫玉资源开始减少，价格也有了上涨的趋势，但与其他三大名玉相比，仍然差得很远。我们这里个有仙姑庙，庙里摆着很多玉雕像，共耗费玉料两千六百多吨。这些玉料，全都是岫玉，全都来自辽宁岫岩。

相比核桃、葫芦、菩提、纸扇等文玩，我身边的人，好像更喜欢玉。玉或是和田玉，或是独玉，或是绿松石、岫玉、蓝田玉、京白玉、密县玉、红山玉等，全都雕成了吉祥美好寓意深刻的图案；然后，或成坠子，或成腰佩，或成手把件，或成摆设品……懂不懂没关系，只要有块玉，就不落伍，就有了对"仁、义、智、勇、洁"的向往。

玉是好东西，因其色，因其润，因其透，因其意，因其通灵，更因其稀缺。很多人把玩玉当成投资，在金价都可以大跌的今天，这是一个不错的选择。

紫泥新品泛春华

　　紫砂壶的起源可以上溯到春秋时代的越国大夫范蠡，就是那位功成身退的"陶朱公"。有史可查的紫砂制壶则是明武宗正德年间以后的事情，历史上比较有代表性的制壶大师有供春、时大彬、陈鸣远、陈曼生、杨彭年、李茂林、陈鸣远、范鼎甫等。个人较喜陈曼生的作品，因他讲究"天趣"，用刀大胆，自然随意，锋棱显露，古拙恣肆，苍茫浑厚。历史上称他为"曼生壶"，并不为过。

　　紫砂泥俗称"富贵土"，因其产自江苏宜兴，故称宜兴紫砂。相传古时的宜兴街头经常有人叫卖紫砂泥，却并不叫"泥"，而称之为"富贵土"，意即谁买下此土，制壶可发家致富，用壶可富贵平安，"富贵土"由此得名。

　　紫砂陶介于陶和瓷之间，属于半烧结的精细炻器，因有着特殊的双气孔结构，所以不仅不渗漏，并且透气性极佳。紫砂壶能够吸收茶汁，一把壶用久了，壶的内壁便可累积出"茶山"，此时即使不放茶叶，仅以沸水冲入，也能泡出淡淡的茶香。这是其他材质的茶壶所永远不能够达到的高度。

不仅如此，"宜兴茗壶，以粗砂制之，正取砂无土气耳"，又"茶壶以砂者为上，盖既不夺香又无熟汤气，故用以泡茶不失原味，色、香、味皆蕴"。就是说，以紫砂壶来泡茶，只要充分掌握茶性与水温，就可以泡出"聚香含淑"、"香不涣散"的好茶，比起其他材质茶壶，其茶味愈发醇郁芳香。并且，紫砂壶"注茶越宿，暑月不馊"，茶汁不易霉馊变质，且不易起腻苔，清洗起来，极为容易。值得一提的是，此处所指的"暑月不馊"，即夏日隔夜不变味，而绝非有些人所理解的"数月"。否则的话，便不是紫砂壶，而是紫砂冰箱了。

我国历史上，大多文人雅士都喜喝茶，更喜紫砂壶。其中梅尧臣的"小石冷泉留早味，紫泥新品泛春华"堪称千古绝唱，讲的就是用紫砂陶壶烹茶。而最讲究的当数苏东坡无疑，他总结出"活水还须活火烹，自临钓石取深情"。就是说，烹茶必须用活水——以江流深水煎茶，味道会更加清醇清远。

文人雅士喜紫砂壶，除了其能烹出香酵的茶，还因了紫砂壶的美。紫砂壶美在造型，美在材质，美在实用，美在工艺，更美在品位。一把上等的紫砂壶，其高矮比例、线条转折都恰如其分，多一分就俗气，差一点就平庸。有此一壶，品茗看壶，都是一种享受。

一把好的紫砂壶并非买回即可使用，还需要经过热身、降火、滋润和重生四个步骤。简单说来，就是先用沸水冲洗内外，以除掉表面尘埃，此为"热身"；然后高温水煮去掉泥土味和火气，再将豆腐放进壶内水煮一小时，用以"降火"；再然后将甘蔗切碎放进壶内，水煮一小时，以让茶壶得到前所未有的"滋润"；最后一步，就是将自己最喜欢的茶叶放入壶内煮一小时以使壶"重生"。此时茶壶不再是"了无生气"的死物，脱胎换骨以后，茶壶吸收了茶叶之精华，这第一泡茶便能够令茶人齿颊留香，久久不忘。步骤虽烦琐，但对一把上等好壶来说，却很有必要，丝毫马虎不得。与大多文玩一样，你在一把紫砂壶上费多大的心思，下多大的工夫，紫砂壶就会还你什么样的品质。我见过几把精心养出来的紫砂壶，那种沉美的颜色、厚重的包浆，极致之美已非语言所能够表达。

虽然极好的紫砂壶并不多见，但民间的紫砂壶很多。稍对紫砂壶有所了解且喜欢饮茶的，多会买来一把，如此，便可享受紫砂所带来的闲舒与惬意。个人最喜欢的是那种喝功夫茶的小紫砂壶，盘在手中，且泡且饮，日子就慢起来，生活就有了滋味。

文玩的东西，都是最接近自然的东西。核桃和葫芦为果实，手串和念珠多为种子或者木材，玉石等观赏石为石头，紫砂壶是什么？不过一把泥土。我总觉得紫砂壶之所以让人喜爱，用紫砂壶沏茶之所以香醇无比，就因为它是一把最纯粹的泥土。或者说，紫砂壶最接近泥土的本质，在愈来愈浮躁的现代社会，由不得你不喜欢。

添成窗下一床书

"卖却屋边三亩地，添成窗下一床书。"这句话的前提是，先得有三亩地，然后舍得将三亩地卖掉，然后买一床书。

此话是晚唐诗人杜荀鹤所言。杜荀鹤才华横溢，仕途坎坷，壮志未酬，却在诗坛享有盛名。据传他是杜牧出妾之子——杜牧之子，哪怕妾之子，再落魄，三亩地总是有的。或者，就算没有三亩地，也可以借"卖三亩，添一床书"来表达他对于书的痴迷程度。文人嘛，总喜欢来点矫情。

与一个朋友曾为这"一床书"争论了半天。朋友的看法是此"一床书"就是一堆书，或者一个书架的书，总之此"床"绝非睡觉之"床"。查了些资料，大多数人与他的见解大同小异。可是我的看法是，此"床"即为睡觉之"床"——床上到处都是书，睡觉前可以读几页，醒来后可以读几页，没事时可上床读几页，有事时亦可挤出时间上床读几页……在床上读书是一件非常舒服非常惬意的事情，因为其姿势，最接近于睡眠。

书当然应该是书房的主角，否则笔墨纸砚再多，名人字画再多，书房也不能称为"书房"。但我还认为书房对很多人来说其实是奢侈品，且不说中国人的住房普遍有些紧张，即便有一个书房，又有几个人能在里面安然读书？多是书架上摆些杂志，书架前摆一张写字台，写字台上摆一台电脑，没事就趴在电脑前，聊聊天，偷偷菜，打打游戏，看看电影，闲暇时光就这么打发了。

当然不乏真正的读书者。但真正的读书者，却又不在乎读书的场所了。捧一本书，公园的长椅上可以读，体育场的台阶上可以读，草坪上可以读，路灯下可以读。当然，床上也可读。只要能读得进去，在哪里读书，哪里便是书房了。

并且是真正的书房。

年前随一个做生意的朋友去家具城挑选家具。朋友刚买了新居，他对我说，得把新居装修得与众不同。问他，怎样才能与众不同？他答，起码得有个像模像样的书房。于是才知道，原来现在，有个像模像样的书房，就已经"与众不同"了。

这简单，也难。

家具城摆设得很豪华很逼真。我的意思是，店面被切开成很多独立的空间：卧室就是卧室的样子，洗手间就是洗手间的样子，书房当然也是书房的样子。只不过，书架上摆的不是书，而是塑料道具———一套一套的《三国演义》和《红楼梦》都是道具，虽然逼真，却是塑料模具。这并不奇怪，因为卖家具的既不会卖书，也不会弄些真正的沉重无比的书摆上书架。奇怪的是，朋友却计划将这些塑料模具连同书架一起买下。问他，买这些干什么？答，回去摆上啊。我笑。原来他说的"像模像样"果真只是"像模像样"——他的书房不是用来"用"的，而是用来"看"的。书房无书，再大再豪华的书房，也不过是一间屋子而已。并且是虚假得让人反感的屋子。

　　电子书和网络的出现，让传统的书房变了样子。但样子再怎么办，书房里也得有书。我们当然没有"卖却屋边三亩地"来"添成窗下一床书"的境界，但至少，我们不能将书卖掉添成三亩地，然后在书架上摆些逼真的塑料道具。

　　这其实与一个民族的未来有关，而非只与文人和读书人有关。

宛宛兮黑白月

　　大约殷商初期，砚在我国开始出现。最初的砚材质甚广，石、陶、砖、铜、铁等都可成砚，后来，随着墨的使用越来越广泛，石砚才越来越普及。可以作砚的石头很多，我国地大物博，很多地方盛产好石。产石之处，必有石工，所以全国各地，很多地方都可产砚。

　　砚在"文房四宝"中位居末席，但从另外的角度来说，砚可居首。所谓"四宝"砚为首，砚质地坚实，可传百代。中国"四大名砚"始于唐代，为端砚、歙砚、洮砚和红丝砚。宋代时，澄泥砚兴起，挤进"四大名砚"之中，因此现在所称的"四大名砚"应该是端砚、歙砚、洮砚、澄泥砚和红丝砚。严格一点讲，已变成"五大名砚"。

　　但其实，中国名砚从古至今，品种繁多，远不止上述五砚，还有如松花石砚、玉砚、红丝砚、漆砂砚、洮河砚等，在名砚历史上均占有过一席之地。而世界上最大、最昂贵、最神奇、最漂亮的一方龙砚，是由一块极为珍贵的紫翠石经历六年、二十多位雕砚大师精雕细刻而成，现存于三亚南山南北财神殿，名曰"日月同辉龙凤砚"。该砚于1997年载入吉尼斯世界纪录，估价为一亿零一百七十万人民币。

这方大砚已经成为国宝，普通人难得一见。

不仅文人喜砚，很多收藏者对古砚也是情有独钟，甚至趋之若骛。一方古代名砚，不仅具有历史价值和艺术价值，并且具有很高的经济价值。目前在国际古玩市场上，一方名砚的成交价可以高达数万元甚至上百万元，真可谓"价胜金玉"。虽然有些收藏者看重的并不是砚的本身而是它所带来的利益，但不管如何，古砚被保护，受重视，被追捧，无疑是好事情。

砚又称砚台、砚瓦、烟台、砚田、石田、石友、石泓、寒泓、陶泓、龙尾、墨海、黑白月……很多诗人为其留下诗句。晚唐司空图在他的《偶诗五首》中写道：夕阳照个新叶红，似要题诗落烟台；元乔吉在他的《水仙子·廉香林南园即事》中写道：玉龙笔架，铜雀砚瓦，金凤笺花；金庞铸在他的《冬夜直宿省中》写道：陶泓面冷真堪唾，毛颖头尖漫费呵；宋苏轼在他的《龙尾砚歌》中写道：萋萋兮雾縠石，宛宛兮黑白月。很佩服诗人的想象力，"黑白月"三个月，形象、生动、意蕴深远，尽显砚之本质。

然之于现在的文人书房，砚已经渐行渐远。这很正常。不用毛笔，便用不到砚。甚至，即使用到毛笔，也可离开砚。据我所知，很多喜好国画或者书法的朋友的书房里，并无一方砚台。无砚也可写出好字，画出好画，我不知道这是砚的尴尬，还是我们的尴尬。

砚正在成为真正的历史。

一条巷的记忆

深的巷子。很深。灰头土脸的，趴伏在那儿，扭曲着前行。顺着墙根走，仿佛行至丛林的深处。脚下是墨绿的腻滑的苔，墙上是浅绿的蓬勃的苔，你把头仰向天空，连那空中，都似垂挂了稀薄灰色的苔。苔构成巷子的主题。巷子是插入岁月深处的一管回忆，高高的土石墙，遮天蔽日。

巷子只有记忆，那是逝去时光的定格。巷子里的光阴，停滞不前，缠缠绕绕，靠怀旧保鲜，迎来存在却似终不得见的清晨与黄昏。照例有一只猫在墙头叫春，照例有一只狗在墙根抬起后腿。春天里，照例会从石头的缝隙中，挣扎出几根瘦弱的杂草。走进巷子尽头，照例，我会看到一位老人，戴了花镜，敞了门，专心地坐在那里，一针针地纳着永远纳不完的鞋底。

老人是巷子里唯一的人家。你顺着巷子不停地走，拐弯，再不停地走，到尽头了，便看到两扇敞开的黑漆大门，门上贴着些褪色的对联，挤出些萧条中的喜庆。在敞开的门与门之间，老人坐在那里，梳了油光的头，闭紧着缺了牙齿的嘴，专心地纳她的鞋底。儿时与伙伴们捉迷藏，我跑进巷子，躲在老人的门后，老人见了我，笑笑，不说话。一会儿伙伴们寻来，问，奶奶，见小亮了吗？老人摇摇头，目光的尾梢扫着我笑。伙伴们就跑了。撤得匆忙。他们对于老人，总是怀着一种深深的恐惧。多年后，我问他们理由，他们却说不上来。也许是对那种安静的恐惧吧？也许是对那种孤独的恐惧吧？或者，仅仅是害怕风烛残年的那一张脸么？

我是老人唯一的朋友。我们很少说话。我曾壮着胆子走进老人的院子，与阴冷的巷子不同，院子里撒满碎金般的阳光。那里开着丑丑的凤仙花，无花果树上结着翠绿诱人的果实。也曾试着去偷摘，恰被老人撞见，抽一根棍子追着我打。老人的眼睛，似愤怒的火焰。

第二天我还去那条巷子。除了偶来的伙伴，那条巷子，只属于我的老人。老人似乎忘记追打过我，仍然笑眯眯地，纳她的鞋底。我问她那些无花果留给谁呢？老人答留给阿强呢。老人的脸突然间有了些红晕，甚至带着几分羞涩。老人的针上下翻飞，老人在那一刻，回归她的少女时代。

我知道阿强曾经是她的男人。确切些说，阿强曾经是她名义上的男人。她从未见过那个男人，四九年，男人跟随南下的大军走了，就再也没有回来。她完成了一个没有新郎的婚礼，然后开始漫长的守候和思念。我知道她戴了银色的头簪，穿了红色的小袄，幽黑明亮的眸子满载着愁思，她的肌肤如缎般光洁，脸颊红晕和粉嫩。每天她都要开了门，在门与门之间，纳她的鞋底，候她的男人，熬她的青春岁月。她不知道自己的男人长什么模样，她的所有思念和期待，只是一个阿强的名字。

老人养过一只猫、一条狗。猫和狗没有足够的耐心，都先她老去。她却还在等。年轻时有人告诉她阿强死在战场了，她不信；又有人告诉她阿强在外面当官不要她了，她也不信；又有人说阿强马上就要回来了，她更不信了。她不信，仍然等。等待的日子，很多个夜里，她手握着剪刀，紧张地盯着院里的无花果树；远处的一声狗吠，更令梦醒后的她心惊肉跳。好在这一切过去了。现在她老了。她不再是那个穿红色小袄的少妇了。可是她依旧继续着她的等待。也许她根本不指望在她的余生，会发生一些什么，她只想在等待中老去。等待给了她将生活继续下去的理由。那是些支离破碎的希望。

有时候，我觉得老人就像土墙上某一块攀覆的苔，那么脆弱的一块墙皮，只需极轻微的震动，便会掉落下来。然后，跌成粉碎，一切归于平静。但那块苔顽强地生长和延伸，越是阴冷和黑暗，越是摇摇欲坠和孤独无望，越是茂盛和蓬勃。

后来，某一年，无花果树终未挂果。我想那一年，连无花果树也老了。我大了些，不再玩捉迷藏的游戏，偶尔，只是去陪陪老人。那时的老人更老了，她用手轻抚着无花果的树干，嘴里低喃着，怎么不结果呢？阿强回来要吃呢，阿强回来要吃呢。老人的眼睛在那一刻飞快地混浊，皱纹在她脸上飞快地堆积，她的背飞快地驼下去，呈一个忧伤的直角。老人预支了她的希望和苍老。她茫然地望着巷子。深的巷子。很深。

她终于不再纳鞋底。也许她知道，她这么多年纳过的，摞起来足有她高的，织满了密密针眼和密密日子的鞋底，终于不会有人穿了。

那一年冬天，老人死去。巷子成了死巷。有时夜里，风夹着雪花，呜呜叫着，在巷子里蹿来蹿去，不断碰击着苍老的土墙，如一个女人的呜咽。

　　我在巷子里慢慢地走。我在想老人的爱情。我在想老人悲凉和伟大的爱情。然后我走出巷子，老人定格的岁月被我堵在身后。我看到头顶的蓝天和红日。

母亲的红宝石

母亲的红宝石，剔透、晶莹，杏仁般造型，卧在天鹅绒上，装在檀木匣里。他小时候见过，被璀璨明亮的光泽迷了眼睛，念念不忘。他不能帮母亲做事，不能像别的孩子那样上学，不能做最简单的乘除运算和稍稍复杂的作文。换句话说，他是一个傻子。

傻子和他的母亲，相依为命。

他们生活在小镇的边缘，一栋男人留下的木屋，一笔男人留下的债务。母亲靠替人打零工偿还债务和维持家用，日子挣扎着过，朝不保夕。有时母亲甚至庆幸儿子是一个傻子，是傻子，就没有烦恼，只要吃饱饭，他的每天，都是快乐的。母亲的泪几年前已经哭干，现在，她已经忘记了怎样去哭。

可是这几天，母亲又有了大哭一场的冲动。零活不好找，家里开始断粮。每一天，儿子都在毫不讲理地跟母亲要面包。

不要急，晚上就会有吃的。母亲安慰他。

可是现在是中午，我想吃午饭。儿子说。

再坚持一会儿，母亲说，很快就到晚上了。

可是早饭我也没有吃。

听话，孩子。母亲无奈地说，晚上很快就熬到了。

可是从哪里弄到母子二人的晚餐呢？母亲愁眉不展，胃隐隐地痛。

几年来，每到几乎坚持不下去的时候，母亲就这样欺骗和安慰儿子。儿子跟着她受了太多的苦，她认为自己并不是一位合格的母亲。

还好生活并没有完全绝望，她有她的红宝石。

红宝石是几年前买来的，从小镇上的珠宝店。那时候男人还在，虽然他明知自己即将走到生命的尽头，可是每一天，他仍然认真地活。珠宝店老板喜欢戴一顶黑色的礼帽，一张脸总是藏在烟斗后面。她喜欢上那枚红宝石，目光中露出渴望，店老板就劝她买下来。她看一眼标签和标价，炸了表情，慌慌地拉起男人欲走。男人说还是买下吧！又考虑一会儿，就买下了。那个红宝石，于是成为她和儿子的唯一希望。

哪一天我们没饭吃了，只要卖掉这块红宝石，我们立刻变成富翁。母亲捧起那块红宝石，自豪地说。旁边放着漂亮精致的檀木匣，天鹅绒上写着珠宝店的名字。

现在我们就没有饭吃了。儿子只为自己的肚子着想。

不，现在不必卖掉它。母亲说，相信我，我会弄回一顿丰盛的晚餐。

她藏好木匣，将儿子反锁家中。她必须去镇上找一份零工，为她和儿子挣回一顿晚餐。一条不长的路，她走了很久。她希望她是饿的。她不希望自己老了。她没有资格老去。她有一个傻儿子。

她在小镇上苦苦寻了一个下午。她没有找到任何一份零工。她沮丧绝望地往家走，腿痛，肩痛，胃痛，心更痛。她不知道将如何面对饥饿的儿子，现在，就算能从腿上割下一块肉煮给儿子吃，她都愿意去做。

她悄悄路过珠宝店。她看到自己的傻儿子。

儿子站在柜台外面，正跟店老板讨价还价。他的手里拿着她的红宝石，连同那个精致的檀木匣。她侧起耳朵，可是她不可能听得到他们的交谈。似乎儿子不满意珠宝店老板开出的价钱，似乎珠宝店老板只好开出一个新的价钱。他看到儿子接过一沓钱，气冲冲地走出来。

她站在街角等她的儿子。

为什么偷走我的红宝石？她愤怒地问他。

我饿。儿子悻悻地说。

那也不能偷东西！她冲儿子吼叫，我不允许你碰的东西，就绝对不能碰！

儿子咧开嘴，想哭。

怎么能把这个红宝石再卖回给他呢？她向儿子伸出手，你卖了多少钱？

儿子很不情愿地将手里紧攥一沓钱交给母亲。我当然要卖回给他，他昨天对我说，如果那块红宝石还在的话，他希望能用一个好的价钱买回去。可是他却骗了我！儿子咬牙切齿地说，这个骗子！

他骗了你？

他骗了我！你说过红宝石是你和父亲花三万英镑买来的，到现在，至少能卖到四万英镑。可是那个珠宝店老板只肯给我三千英镑！还是我再三磨蹭，他才出到五千英镑！

你跟他说什么了？

我说我和你一天没吃东西了，我们饿。

他说什么了？

　　他让我替他谢谢你的红宝石。他说这个红宝石会给他带来好运，希望他的生意，会从此火起来。

　　母亲紧紧地拥住儿子。她忍了一天的眼泪终在这一刻滴落儿子肩头。那一刻她想起从前，泣不成声。

　　你误会了珠宝店老板，他其实是一个好人。母亲说，几年前，当他得知你的父亲不久于人世的时候，就劝我买下了那个红宝石。他说当我们遇到困难，随时可以把这块红宝石卖回给他。可是儿子，你知道吗？那其实不是红宝石，那只是一块被当成红宝石展示品的红色玻璃。虽然它很像红宝石，可是它的确是一块玻璃。当初买它的时候，我和你的父亲，只花掉两个英镑……

　　傻儿子就扑在母亲怀中呜呜地哭了。他哭，或许只因为母亲在哭；他哭，或许又因为，他听懂了母亲的话……

差之毫厘，失之千里

缺了一枚铁钉，掉了一只马掌；掉了一只马掌，损了一匹战马；损了一匹战马，伤了一个骑兵；伤了一个骑兵，丢了一次战斗；丢了一次战斗，输了一场战役；输了一场战役，亡了一个帝国。这是一首歌谣，写的却是真实的故事。

1485年，英国国王到波斯沃斯征讨与自己争夺王位的里奇蒙德伯爵。决战马上开始，双方剑拔弩张。他们都知道此役的关键所在——胜，则成为大英帝国之王；败，必然会沦为阶下囚。

最终结果如同歌谣中所唱的那样，国王在骑着战马冲锋的时候，没有钉牢的马掌忽然掉落，战马随即翻倒。滚落下马的国王被里奇蒙德伯爵的士兵生擒，整支部队顿时群龙无首。战役以国王的彻底失败而告终。

对一场战争来说，一枚铁钉几乎可以忽略不计。然而就是这枚铁钉，最终倾覆了一个王朝。

差之毫厘，失之千里。这里的毫厘之差，是物质上的。

再说说这个成语的出处：西汉时期，赵充国奉汉宣帝之命去平定西北地区的叛乱。赵充国经过细致的调查，发现叛军军心不齐，采取了招抚的办法。这一招果然非常奏效，大部分叛军很快投诚。但是汉宣帝治叛心切，等他不及，命他出兵。万般无奈之下，赵充国只好采取硬碰硬的作战方法，结果出师不利。到后来，他按皇命收集军粮，再一次造成叛乱。他感慨地说："这真是失之毫厘，谬以千里！"

招抚，便可治定叛军；出兵，便使矛盾激化。差之毫厘，失之千里。这里的毫厘之差，是决策上的。

再说说我的故事：我曾经在啤酒厂做过一段时间过滤车间的工人。过滤啤酒需要棉饼，而棉饼需要经常洗，才能保证过滤出来的啤酒清澈透明。大约的做法是将棉饼撕碎，洗棉锅里洗完以后，用轧棉机重新轧成可以使用的棉饼。轧棉机的操作很简单，但需要很认真。只要压力稍大，不仅轧出的棉饼不合乎标准，轧棉机也可能被损坏。

那天因是夜班，我有些困。稍一放松，轧棉机的模具被自身压力压偏。轧棉机出了故障，就轧不出可以使用的棉饼；轧不出可以使用的棉饼，啤酒的质量就难以保证。正逢夏天，啤酒订单很多，这个环节出了问题，会影响到整个啤酒厂的生产安排。

把这件事情上报给车间主任，车间主任找来维修工，用时整整半天，扎棉机才被修好。后来我才知道这件事情的严重性：那些日子，恰逢原来的维修工辞职，这个新来的维修工只跟师傅学了三天。那天厂长甚至打出去很多电话，跟客户赔礼道歉——虽然只耽误了半天，但任何一单都有合同，哪怕耽误一分钟，也得赔偿对方的损失。尽管最后啤酒厂并未因此而损失太多，但假如那台轧棉机一天内不能修好，工厂可能会因此损失几十万。

在竞争激烈的情况下，由此损失掉很多客户甚至一个品牌，也绝非耸人听闻。

其实那天夜里，我完全可以不让轧棉机出故障。之所以疏忽，只因我自认为对轧棉机的操作太过熟悉。就像一个完全的环，我的这一环出了问题，整个环就断了。

差之毫厘，失之千里。这里的毫厘之差，是态度上的。

无论做什么事情，我们都不能够保证万无一失，但至少：其一，我们可以尽量做出最充分的准备，别让马蹄上缺少一枚蹄钉；其二，我们可以尽量深思熟虑，别出现太过错误的决策；其三，我们可以尽量认真一些，别让小的疏忽，酿成大祸。

宁做鸡头，不做凤尾

鸡，百鸟之尾；凤，百鸟之首。既然如此，为何要选择鸡头？因为做了鸡头，便是鸡之首；做了凤尾，仍是凤之尾。

一首，一尾。更多人愿意选择前者。

做鸡头不易。尽管这需要开拓精神，需要不畏艰险，却能够将自己的特长最大限度地发挥，不受束缚；做凤尾更不易，这需要从最底层做起，不怕劳累，忍受驱使和嘲笑。所以，其实，无论做鸡头还是做凤尾，都需要勇气。

做鸡头，并非真正想做鸡头，而是实在做不成凤头或者暂时做不成凤头。"宁做鸡头，不做凤尾"其实是一种无奈之举。

尽管做凤尾也是一种选择，但更多人仍然推崇"宁做鸡头，不做凤尾"的职场原则。于是我们看到，一些本来很有潜力甚至很有能力的年轻人，一些本应该去到大公司施展手脚大展宏图的人才，却去了小公司，成为骨干，成为上层，然后"指手画脚"，心满意足，从此安于做这个小王国的大臣或者国王。并非一定要否定这种态度，而是因为，很多人正是在这种环境里找到"君临天下"的感觉，从而让自己本该辉煌的人生，变得平淡。

简言之，做鸡头风光，做凤尾窝囊。于是太多人在鸡头和凤尾之间选择了鸡头并安于做这个鸡头，这很好理解。

但有例外。总会有一些人甘于做凤尾。并且，他们会在凤尾的岗位上，做得兢兢业业，风生水起。

我认为喜欢做凤尾的人，大概分为三类：一类是极缺乏领导才华的人；一类是极懒惰的人；一类是极有毅力极能够承受磨炼的人。第一类人根本没有做鸡头的能力，于是，选择一家大公司，做一个有保障的打工仔，也是一种不错的选择；第二类人的懒惰更多是头脑上的懒惰，因为即使做凤尾，工作也绝不轻松，身体也绝不能懒惰，否则的话，便会连做凤尾都失去了资格——越是这类大公司，其对于员工的管理越是苛刻，想"混"到一份薪水，并不容易；第三类人则很值得我们敬佩，因为我知道，他们去做凤尾，并非是他们没有能力去做鸡头，而是他们不想让自己仅仅停留在鸡头的层次。从凤尾做起，就是从最底层做起，扎扎实实，一步一个脚印，最终从凤尾达到凤头。当然，这其中，必将会如孟子说得那样：苦其心志，劳其筋骨，饿其体肤，空乏其身，行拂乱其所为，所以动心忍性，曾益其所不能。对一个想做出一番事业甚至立志想做凤头的人来说，所有的这些经历，都是他通往凤头位置上的财富。

宁做鸡头，不做凤尾——如果你认为自己有着比别人更多的傲骨和傲气，如果你忍受不了别人的随意支使，如果你想做最大的蚂蚁，你可以选择；宁做凤尾，不做鸡头——如果你认为自己有着比别人更强烈的上进心，或者你不想为更多事情操心，或者你想跌倒了抓着别人的鞋带就能够爬起来，或者你想做最小的大象，你可以选择。说到底，宁做鸡头，不做凤尾，你只剩下了一种选择；宁做凤尾，不做鸡头，你将面临很多种选择——以后日子里，或平庸，或优秀，或被动，或主动，或碌碌无为，或如日中天……

　　鸡头与凤尾，不过是一个位置。选择哪个位置，与一个人的性格有关，也与一个人的人生目标有关。

狮子搏兔，亦用全力

即使一只世界上最差劲的狮子，也可以毫不费力地对付一只全世界最强壮的兔子。狮子对付兔子，不是较量，而是屠杀。但即使这样，狮子面对兔子，也绝不可能达到百战百胜。总会有一只兔子从狮口中逃脱，尽管这种可能性极小。

那只脱逃的兔子，也许因了侥幸，也许因了自己的努力。但毋庸置疑的是，在那时，这只狮子，必处在随意状态。

就是说，这只狮子并没有用尽全力。

狮子面对另一只狮子，面对一只熊，面对一匹狼，或者面对一头鹿，都会用尽全力。为什么？只因对方的强大。对方强大，便不可随意，不敢松懈，不能疏忽。但当面对一只兔子，狮子就可以选择松懈一些，随意一些。为什么？因为兔子绝不能对它构成丝毫威胁。兔子那般弱小，弱小到狮子随便大吼一声，就可能将这只兔子当场吓死。

这就是狮子不尽全力的原因。似乎狮子并没有用尽全力的必要。

但也许正因如此，狮子错过了它的午餐。然后，因了意外，狮子失去第二餐，第三餐……最终，狮子因饥饿或者疾病而死。说起来令人难以置信，在旱季，在广袤的非洲草原上，狮子常常会因饥饿而死。或者，即使一只母狮能够熬过旱季，它却没有足够的食物让它的孩子们也熬过来。

千里之堤，毁于蚁穴。因了一只逃脱的兔子，狮子可能失去性命。但在当初，假如一只狮子用尽全力，没有任何一只兔子可以逃脱。

似乎生活里也常有许多看起来可以不必让我们用尽全力的事情。比如读一本书，比如烧一道菜，比如做一个报表，比如开一趟车……不必用尽全力，或许你仍可以做好它，或许你做不好它。但是我知道，假如用尽全力，你会将它做得更好。

为什么不尽全力呢？只因为我们觉得正在做的这件事情实在太小，没有必要用尽全力。于是，可能产生的结果是：书没有读透，浪费了时间；菜没有烧好，浪费了食材；报表出了问题，需要重来或者造成了损失；车没有开好，出了意外……

这绝非夸张和骇人听闻。统计证明，大多车祸的产生，不是因为司机的水平，而只因司机在开车时没有专心。为什么不专心？因为没必要专心。甚至很多人很想利用开车的时间想想心事，打打电话，听听音乐，就像一只狮子面对一只兔子的时候，想趁机戏耍一下它。

看看那些赛场上的举重运动员吧！很多人，面对一个自己平时举起过千遍万遍的重量，感觉没必要用尽全力，但结果，只要稍有松懈，便会失败。于是失败的阴影又会导致第二次的失败，两次失败的阴影又会导致第三次的失败……这世上最怕的就是不尽全力。不尽全力就是松懈，就是疏忽，就是随意，就是接二连三的失败。

我想说的是，对你正在做的事情不尽全力，那么，失败是必然，成功才是侥幸。因为你不是狮子，还因为你所做的事情，远比一只兔子难以对付。

万物过眼，即为我有

　　白石先生有一方印章：万物过眼，即为我有。朋友在一个拍卖会上有幸得见，回来抓心挠肺，长吁短叹。"我应该拍下来的。"朋友说，"稍一犹豫，就错过了。"我问他："为什么一定要拍下来呢？"朋友说："因为那方印章太漂亮了，还因为那八个字的意境太深远了。"我说："既然你能理解这八个字，那么，无论得与不得，这方印章已经是你的了。"

　　朋友在古玩字画圈里摸爬滚打了很多年，对于得与失，他理解得应该比我透彻。但朋友不是圣人。就是说，他虽懂得"万物过眼，即为我有"的道理，但面对真正的好东西，他做不到彻底的淡然。

　　来到这个世界时，我们两手空空；离开这个世界时，我们同样两手空空。万贯家财，稀世珍宝，不过陪伴我们之间这几十年的时间。这几十年的时间，我们把它叫作"人生"。

正是这几十年的时间，我们会经历太多的诱惑。这诱惑多是物质上的，即"万物过眼"，然太多人对"万物过眼"所采取的态度并非"即为我有"而是"我要占有"，这正是世人烦恼和痛苦的根源所在。

人类欲望难平。或者说，我们的一生，就是为"占有"而努力的一生——缺少什么，就要得到什么。岂不知，大千世界，无论如何努力，你所占有的，仍然是沧海一粟。

我们所没有的太多：小到一瓶酒、一个别针、一块手表、一件衣服，大到一辆汽车、一栋房子、一件艺术品、一片土地。因为没有，便为之努力，为之痛苦，为之夜不能寐，不择手段。是"占有"占有了我们的时间，耗尽了我们的精力，让我们本该快乐并且淡然的人生，变得慌乱不堪，心力交瘁。

并非要否定打拼，否定事业。打拼是人生价值最直接的体现，然这与"占有"无关。"打拼"是精神层面的，而"占有"是物质层面的。但事实上，很多人"打拼"的目的只为了"占有"——占有金钱、豪宅、美人、权力、地位和他人的赞誉。

所以他们痛苦。所以他们占有太多却仍然认为自己一无所有。

想起一个真实的故事。美国有一个叫克里斯托弗的年轻人，不仅家境优渥，还是私立名校艾莫里的优等生，这样的年轻人，前程似锦。可是大学毕业以后，他却毅然选择了截然不同的人生。他放弃了令人羡慕的工作，将存款全部捐给慈善机构，然后独自去了阿拉斯加，试图在大自然中寻找真正的自我。为了生存，两年时间里他在农场打过短工，跟别人学过皮革押花，在沙漠里帮别人卖书，并遇到喜欢他的姑娘。最终，他在雨季的荒野里因饥饿和中毒死去。这故事让很多美国人极为震惊，他们不理解的是，年轻人为什么要放弃他的财富和优越，而要像野人一样生活在荒野和沙漠里呢？但其实，对年轻人来说，他放弃掉的财富，仍然是他的财富；他见到的大自然，就成了他的大自然。虽然他没有见过白石先生的那方印章，也没有读过"万物过眼，即为我有"这句中文，但他懂得"得"与"不得"之间的关系。他比很多国人更理解"万物过眼，即为我有"的精髓——对他来说，他不是一无所有，他拥有的是整个世界。

"万物过眼，即为我有"，这句话不能给你增加财富，却可以助你减少痛苦。前提是，你得真正去理解它。

物以类聚，人以群分

战国时期，齐宣王喜欢招贤纳士。他让淳于髡帮他举荐人才，想不到淳于髡竟然在一天之内，向他推荐了七位贤士。

这让齐宣王非常惊讶。他对淳于髡说，寡人听说人才非常难得。如果一千年能出一位贤人，贤人就会多得像肩并肩站着一样；如果一百年能出一位圣人，圣人就会多得像脚跟挨着脚跟走路一样。你一天内就给我推荐了七个贤士，这贤士是不是太多了？

淳于髡回答说，您得知道，同类的鸟儿总是聚在一起飞翔，同类的野兽总是聚在一起行动。人们如果到水泽洼地去寻找柴胡和桔梗这类药材，恐怕永远都找不到；但如果去梁文山背面去找，就可以一车一车地找来。为什么会这样？就是因为天下事物，总是同类聚到一起。我淳于髡大概也算个贤士吧，所以让我举荐贤士，就如同在黄河里取水，在燧石中取火一般容易。

这就是"物以类聚，人以群分"的出处。淳于髡用此语解释他的高效率，但我想，在他之前，这句话别人应该说过，这道理别人也肯定懂——因为它并不高深。只是《战国策》把这件事情记录下来而已。

"物以类聚，人以群分"，这很自然。假如有不属于这个"群"的人硬闯入到这个群，大概就会出些问题。

我有一个朋友，常常在我面前抱怨他不受尊重。他说，聚会时，大家非但没把他当回事，还常常支使他干这个干那个。问他，什么样的聚会？他说，一个海钓圈。我说这就对了。你是作家，不是钓友。在他们那个圈子里，你没有任何拿得出手的成绩。加之你又低调，谁知道你发表过多少作品，出过多少书，在文坛有多大名气？既然如此，他们为什么要尊重你？"物以类聚，人以群分"，在那个"群"里，你永远不会得到你所需要的尊重的标准。说得直白些，一株再名贵的玫瑰，生长在庄稼地里，也是多余的，也是百无一用的野草，需要除去；一棵再好的庄稼，生长在玫瑰园里，也是多余的，也是争夺养料和水分的野草，需要除去。一件好东西，挪到另一个地方，就成了没有用的垃圾。不尊重还是轻的，弄不好的话，就会清理出门。所以，现代社会里，每个人都要找到一个真正属于自己的"群"，然后进入这个"群"，这才是"人以群分"的意义所在。

不过我认为，"人以群分"还有一种现象，那就是有些"群"并非以单位、职业、爱好等作为"群"的基础，而是以个人能力作为基础。这些人都很优秀，或学富五车，或家财万贯，总之他们是社会名流，于是常常见面，常常聚会，一个高贵的"群"便诞生了。不管之前还在现在，这种"群"都有，并且相对稳定。我认为，没有达到入这种"群"的资格但已经进入到这种"群"的人，大概有两种可能：一，强烈的虚荣心的驱使；二，正在往能够名正言顺地进入到这种"群"而努力。我个人比较鼓励第二种人。因为向往优秀和成功，是每一个人的追求，与这些人常常聚会，与比自己优秀的人经常接触，会激昂自己的斗志，让自己更早一天成功。这几乎是肯定的。

　　"物以类聚，人以群分"，其实这完全可以选择。对自己有帮助的"群"，能促进自己进步的"群"，让自己快乐的"群"，才是我们最聪明最明智的选择吧。

绚烂至极，复归平淡

　　凡花朵开得绚美灿烂，其果实多平淡无奇。有人说这因为它已将生命过分地消耗，或因为它结不出太过满意的果实，于是以花喧夺，"华而不实"。然而我认为，这正是它"复归"的表现。

　　对花来说，它的生命，已经绚烂至极。那么，剩下的，就是复归。世间所有的绚烂都会复归，都应该复归。或许复归是为了再一次的绚烂——对这朵花来说，无论如何平实的果实和种子都是它再一次绚烂的根本；或许复归只是纯粹的归于本质，归于本源，是为寻找一种类似于"皈依"的淡然。

　　绚烂是一种美。绚烂之美在于生命的极致展示，这绚烂是经历磨炼甚至磨难之后的舍我其谁的霸气和自然而然的绽放。平淡是另一种美。平淡之美在于生命的内敛，是极至绚烂之后的回归，这回归更加接近生命的本质。对一朵花来说是这样，对一个人来说同是这样。

　　绚烂是一种态度。绚烂绝不是招摇，而是之前所有苦难的叠加。平淡是另一种态度。平淡绝不是甘于平庸，而是更加接近于与世无争的超脱，是对人生、对自然的一种彻底的接纳。对一朵花来说是这样，对一个人来说同是这样。

　　真正伟大的艺术家，其作品在绚烂之后，必是平淡。但这平淡绝非江郎才尽的无奈之举，而是绚烂之后的"万物归原"。或者说，这平淡是另外一种绚烂，是高于任何绚烂的绚烂，是之前所有绚烂的浓缩。只是这绚烂以一种平淡无奇的方式体现，远离喧哗。

　　余彭年，从一个吃不饱饭的勤杂工到亿万富翁，然他在事业的辉煌之时，却毅然将他所拥有的二十亿元财富全部用于白内障病人的复明手术，并且他立下遗嘱，将他的全部财产完全用于慈善。弘一大师，一个家财万贯、风流倜傥的豪门公子，我国第一个赴日学西洋艺术的留学生，为开创中国美术史、音乐史和话剧史的新纪元做出卓越贡献的大师。然而就是这样一位集诗词、篆刻、音乐、戏剧、文学于一身的艺术家居然在三十八岁盛年之时悄然皈依佛门，二十四年后又被佛门弟子奉之为律宗第十一代宗师。两个人同样在生命的绚烂之时选择了平淡，对他们来说，这是本性的回归，本质的回归，然谁敢说他们的复归不是绚烂的？

　　类似的例子，不胜枚举。

　　或者，就算复归平淡是真正的远离绚烂，这份超脱的淡然，也值得肯定和敬畏。我有一个朋友，虽比不余彭年的亿万家身和弘一大师的卓越成就，却也是小城有名的企业家。然而就在他的事业和人生达到巅峰之时，他却毅然选择了隐退。他将他的所有财产捐给了慈善机构，将公司交给别人打理，而他去了去乡下种地。那是真正的种地而非投资，几亩地，几间草屋，粗茶淡饭，他的人生迎来一种无世与争的安静与闲淡。问他为什么要这样选择做？他说，对他来说，绚烂是一种责任，平淡是一种态度。或者说，绚烂是一种生活，平淡亦是一种生活。一种浮于现象，一种归于本质。虽然两种生活，他都喜欢。

我喜欢他的回答。

绚烂至极，复归平淡。我想，有这样的人生，有这样的境界，才是完整的吧？

尊重每一扇门

少年在山野中迷了路，又饥又渴。他遇到一栋木屋，一圈篱笆将木屋环绕。那些篱笆是如此之矮，仅至少年膝盖。篱笆里面，一位老年正躺在藤椅上休息。他的旁边有一口水井，少年几乎闻到了井水的清冽与甘甜。

少年欣喜若狂，奔向木屋。他从篱笆上跳过去，站到老人面前。老爷爷，他说，能不能给我一碗水？

老人扫他一眼。当然可以，孩子，老人说，不过你不应该从篱笆上跳过来，篱笆是我的墙，你怎么能够翻墙而入呢？你应该走那扇门。

老人的手指向篱笆一角，那里有一扇几乎看不出来是门的门。门由细竹片编扎而成，与周围的篱笆混为一体。那扇门与篱笆同样低矮简陋，仅仅及膝。

少年撇撇嘴，退回去。这一次他从门的位置跨进来，他的腿轻轻一抬，篱笆门就被他抛到了身后。

老爷爷，我想喝碗水，少年第二次对躺在椅子上的老人说。

你又一次犯了错误。老人说，你不应该从门上跨过来……

可是它那么矮……

可是它是一扇门。

少年只好第二次退回去。他弯下身子，轻轻将门推开。他认为自己表现得非常有礼貌。老爷爷，他说，这一次，您可以给我一碗水吗？

老人摇摇头。你又犯了一个错误，老人说，你应该敲门的。

可是它只是一扇篱笆门……可是您明明看到了我，知道我要进来……

可是你明明知道我就在院子里，却就是不敲门。老人说，你想到我家里来，难道不必经过我的允许吗？

少年有点儿急了。可是他看看老人，只得第三次退回去。他轻轻敲响那扇几乎不能够发出声音的篱笆门，问，我可以进来吗？

老人笑了，起身，为少年打出一桶井水。那井水果真甘甜清冽，少年一连喝下三大碗。

你可能会对我有些成见。送走少年时，老人说，可是孩子，你应该记住，再简陋的墙，也是墙；再简陋的屋子，也是屋子；再简陋的门，也是门。"风可进，雨可进，国王不可进。"你听说过这句谚语吗？

少年摇摇头。

你有没有听说过都没有关系。老人笑着说，不过你该永远记住，世上的每一扇门，不管如何雄伟或者如何简陋，不管如何坚不可摧或者如何不堪一击，都是至高无上、令人尊重的。它所代表和保护的，是一处私人的空间，你必须学会尊重它们。

的确如此吧。事实上，尊重每一扇门，不仅仅是尊重他人，也是在尊重自己。

尊重生命的存在方式

朋友去国外，参观一个自然保护区。保护区里有一个很大的斑马群，还有一个不大的狮群。那天，朋友恰好遇到狮群攻击斑马群，朋友给我讲述的时候，用上了"触目惊心"这个词。

他说他从未见过那样惨烈的场面。四头狮子从四个方向朝斑马群扑来，警觉的斑马群开始突围。聪明的狮子攻击的是斑马群最薄弱的地方，聪明的斑马群同样选择了狮群最薄弱的方向突围。那是一场看似混乱实则有条不紊的捕杀和逃窜，狮子群和斑马群，都不想失败。

最终，狮群取得了胜利。一匹斑马被一只狮子追上并咬中脖子，狮群的攻击便宣告结束。那是一匹出生不久的斑马，它跟随母亲跑出不远，便拉到后面。狮群当然不肯放过这个机会。事实上，也许，四头狮子最初的目标，就是这匹幼年斑马。

狮子杀死小斑马，用了很长时间。小斑马一直在挣扎，朋友说，他甚至看到小斑马的眼睛里流出泪水。斑马母亲站在不远处望向这边，脚步踉跄。朋友说他能够感觉到斑马母亲的悲哀——那种悲哀，与人类失去自己的孩子，没什么不同。

可是你们完全有能力救下那匹小斑马。我说，我知道，在自然保护区里，人们有驱赶狮群的能力。最起码，有赶走那头狮子的能力。

他们的确有这样的能力，可是他们不能。朋友说，因为他们懂得尊重这里的法则——斑马要生存，狮子也要生存——斑马啃食青草，狮子吃掉斑马，在这片草原上，这就是生命的存在方式。假如青草有表情，会流血，会惨叫，那么，是否在斑马啃食青草的时候，他们也要将斑马赶走呢？

我理解朋友所说的"尊重生命的存在方式"。事实上，自然界中，不仅斑马和狮子如此，任何动物都是如此。没有一种动物是绝对强势和可恶的，亦没有一种动物是绝对弱势和可怜的。无论它们的生存方式是怎样的，我们都应该尊重它们。

——对狮子，对斑马，对正在猎杀斑马群的狮群，都应如此。

这种方式，已经存在了太久。

其实，人类社会中，又何尝不是呢？比如，很多人把乞丐当成一种身份，但其实，乞丐不过是一种职业。对将乞讨当成职业的乞丐来说，事实上，乞讨已经不仅仅是一种生存或者生活的方式，而变成一种生命的方式。所以，在国外，对他们的称呼更多是"流浪汉"，而非"乞丐"，更非"要饭的"。

我比较反感那些貌似高高在上的人们。他们总会给那些职业乞丐讲些道理，比如你还年轻，应该工作；比如你做点什么不好，为何偏偏当乞丐；比如当乞丐有失做人的尊严，等等。但是，那只是生命存在的一种方式而已，而所有生命存在的方式，都没有高贵或者低贱之分的。我们给予的，应该是理解、尊重甚至敬畏，而不应该是打扰甚至干扰。

　　事实上，在我们的社会中，对于任何生命存在的方式，都应该如此。

辑五／请收回你的目光

朋友去新疆

朋友去新疆。那是他的梦。那里有他的梦。

我在站台上挥手，把一句祝福扔进车厢。朋友的眼睛晶莹湿润，像吐鲁番的两粒葡萄。

我给他买火腿肠和啤酒，以便他在车上独饮；给他买一本厚厚的小说，以便他在独饮后解闷。但即使没有小说和啤酒，朋友的行程也注定是舒坦和美妙的。

因为他在奔向新疆。

朋友为去新疆，做了多年准备。他熟背了那块版图上的所有城市和荒滩，他蓄了胡子，买了花帽。他的鼻翼扇动着，嗅着这个城市所有的羊肉串摊。

朋友辞了工作，别了女友。朋友把他的从前留在站台，当他再一次走出车厢，呵，新疆！

可站台上我在想，在新疆，也会有类似的我，也有类似的我的朋友，类似的我去送类似的我的朋友，类似的我的朋友，也会表现出一种难以抑制的兴奋。

他可能也会熟背我脚下这片版图上的所有城市和村镇，操练并不标准的普通话，或许会满乌鲁木齐寻着并不正宗的海鲜酒店，也会别了女友，辞去工作。登上列车的那一刻，我相信他的眼睛，也会闪烁出一种大海所特有的蔚蓝。

对那个类似的我的朋友来说，我所生活的这个海滨小城，甚至整个胶东半岛，甚至除了新疆以外的所有的土地，都是神秘的、神圣的，充满着诱人的生机。就像我的朋友，长久以来对于新疆的向往。

生长的故土不会有梦想。无论这块土地如何富饶，如何博大，也包容不了梦想。故土不适合梦的飞翔，故土是用来衣锦还乡的。

梦无限大，于是延至远方。尽管有时这些梦目的混乱，甚至是一个错误，一场灾难。但梦，在所有人看来，都毫无例外是斑斓的，充满着迷人的七彩。

挥别故土，抵达另外一处风景。有人说，这是有梦的人生。

请参观我的花园

请参观我的花园吧。女孩说，这是世界上最漂亮的花园。这是花园的栅栏，栅栏上爬着的那些牵牛花儿，都是我亲手播下的。栅栏很低，这样行人即使站在街上，也可以看见花园里的鲜花。你知道栅栏外边正开着的是什么花吗？你当然不会知道。是金银花！难道你没注意吗？一黄，一白；一金，一银。是我春天时栽下的，想不到这么快就开了花……

我带你进花园里看看吧。女孩说，你慢慢看，这个花园大着呢。你跟住我，沿着卵石小路走，千万小心长着尖刺的蔷薇枝。你还要小心蜜蜂，这个季节的蜜蜂是最多的。当然，只有花开得多，开得好，开得香，才能引来成群的嗡嗡叫的蜜蜂……你知道这丛金黄色的是什么花儿吗？是四季菊！人们说四季菊只能栽在花盆里，我却成功地将它们移到了花园……

这棵树叫作合欢树。女孩说，你认识合欢树吗？你读过作家张贤亮的《绿化树》吗？我在收音机里听过。那里边说的绿化树，就是合欢树。你来得晚了，没赶上它开花。如果早几天来，早上十天，或者早上半个月，你会就看到它粉红的绒毛一样的花儿。花开得很盛，堆着，挤了满树，就像撕了一片晚霞铺到树上，哪怕离花园很远，你也能闻到甜丝丝的花香。合欢花，又叫马缨花……

这棵树你肯定认识。女孩说，是的，这是桃树。这棵桃树是我从乡下带回来的，一开始它只是一棵树苗，又瘦又小。你知道这是什么桃树吗？是扁桃。你看到树丫上的桃子了吗？是扁的，不大也不红。但是非常甜呢。你要不要尝一个？你应该尝一个的。你知道扁桃又叫什么桃吗？叫蟠桃！我猜你肯定大吃一惊吧。当年孙猴子看守王母娘娘的蟠桃园，看的就是扁桃。所以你千万别小瞧我这个花园，有王母娘娘的蟠桃呢……

知道这几棵是什么花吗？女孩说，你说对了，都是玫瑰花。这是红的玫瑰，这是紫的玫瑰、黄的玫瑰、白的玫瑰……知道一天里什么时候玫瑰花最漂亮吗？当然是早晨。早晨，花苞上还沾着露珠，花瓣好像是透明的，早起的蝴蝶在花苞上跳起舞，淘气的猫咪在花丛间扑着蝴蝶……玫瑰是爱情的象征吧？等我长成穿着白裙的大姑娘，我想会有一位很帅的小伙子送我大红的玫瑰……

你再看看这边，女孩说，这边的花儿更多。江斯蜡、鸡冠、夜来香、巴西红、老来娇、太阳花、一串红、石榴……这边还有一棵无花果树。你知道吗？无花果树是世界上唯一一种一年结两次果实的果树呢。无花果成熟了，外面仍然是绿的，里面却早已红艳艳了。熟透了，就会裂开一点点，你站在树下，满树的无花果都在朝着你笑……

我的花园还不错吧？女孩说，很多人对我说，这是世界上最漂亮的花园。我让你看了花园里所有的树所有的花，你肯定很高兴，是吧？看看，你的嘴都笑歪了。当然这是不能白看的，你知道，每天我都要给这些花花草草施肥、浇水、喷洒农药……我为这个花园付出了辛勤的劳动……给多少钱？你看着办，多一些，少一些，都行。你放心我从不乱花钱，我会把这些钱存起来，等我弟弟上了大学，给他用……你小心别被这些蔷薇枝扎伤了腿……好了，现在我们关起栅栏门……

男人微笑着，从口袋里掏出十块钱。非常感谢你，他把钱递给小女孩，这的确是我见过的最漂亮的花园。并且我相信，你的花园会一天比一天漂亮……

男人跟女孩道别，走向不远处等候的女儿。女儿不高兴地撅起了嘴巴，说，整条街都知道她是疯子，你竟还给了她十块钱……

男人冲女儿笑笑说，刚才她真的很快乐呢。

女儿说她的快乐非常重要吗？我在这里，等了你将近半个小时……

男人说当然，她的快乐非常重要。尽管她是疯子，可是她和你一样，不过是一位小女孩……更何况，她用了半个小时的时间，给了我一个非常漂亮的花园……

远处的女孩，安静恬淡，脸上遍洒阳光。她的膝盖上放一张卷了毛边的纸，纸上胡乱地抹涂着一些简单的线条和各种杂乱无章的颜色。在那上面，你根本分不清哪些是树，哪些是花，哪些是蜜蜂，哪些是栅栏……

手 纸 武 器

　　一卷普通的手纸能不能当成对付狮子的武器？英国人保罗告诉你，完全可以。

　　三十六岁的保罗是一位旅游爱好者，一年中的绝大部分时间，他都身背一个相机，游走于世界各地。那天保罗驱车来到一片草原，他感到困倦难支，决定下车休息一会儿。保罗在距车子不远的地方铺上毛毯，又随便吃了点东西，然后躺倒在毛毯上，闭上了眼睛。本来他只想躺一会儿，可是疲劳的他竟然睡了过去，并且这一睡，就睡了很长时间。

　　保罗醒来时，陡然感觉到气氛的异样。他似乎闻到一股微腥的气味，那气味丝丝缕缕，伴随着浓重的喘息声。保罗猛一回头，立刻吓出一身冷汗。就在他的身后，一头浅黄色的非洲狮正虎视眈眈地看着他。那头狮子大约四英尺（1英尺=0.3048米）高，六到八英尺长，黄褐色的眼珠瞅着保罗，利齿在阳光下闪出寒光。保罗的第一个念头就是跳起来逃进自己的汽车，可是理智马上提醒他，如果真这样做了，后果将不堪设想。因为，假如这是一头饥饿的非洲狮，那么，逃跑无疑会刺激到这头狮子捕食的欲望。只需一秒钟，狮子的利齿就能够切断他的喉咙。

时间似乎凝固起来，保罗闻到了死亡的气息。他紧紧地盯住狮子，狮子仍然一动不动。似乎它在寻找适当的猛扑上来的机会，又似乎，它对坐在毛毯上的保罗仍然心存顾忌。狮子之所以不肯扑上来，肯定有它的理由。保罗心想，它会静静地站在那里观察一段时间，在确信没有危险以后，才会对他发起致命一击。保罗的猜测是正确的，因为几分钟以后，狮子终于开始走动起来。它围着保罗不停地转着圈儿，保罗几乎可以感觉到它从嘴里呼出来带着腥味的热气。

保罗知道，此时，他必须对狮子发出警告。好像只有如此，才有可能打消狮子攻击它的念头。可是保罗的手里什么也没有，难道仅仅依靠挥舞拳头就能吓跑一头饥肠辘辘的非洲狮吗？保罗一边同不断逼近的狮子紧张地对峙，一边替自己寻找着武器。可是，他的旁边只有一卷从汽车上拿下来的手纸。手纸不是手雷，保罗心想，难道自己今天注定要葬身狮腹了吗？

突然保罗想起一位朋友的话。朋友曾经告诉他说：当你在野外与一头猛兽狭路相逢，当你手无寸铁，这时候，尽量要使自己保持镇定。你要用目光狠狠地盯住它，千万不能紧张和退缩。然后，寻一个适当的机会，对猛兽发起虚假的却又逼真的攻击。所有的动物都怕人类，朋友说，所有的动物都怕人类的攻击——对你面前的动物来说，它分不清你手持的是猎枪还是木棍，石块还是手雷。

保罗悄悄拿起那卷手纸，他想试一试。而此时，狮子的鼻子几乎可以触及保罗的手。

保罗大喊一声，冲狮子抡起手中的手纸。丝毫没有准备的狮子显然被吓了一跳，急忙后退两步。保罗再大喊一声，将手纸猛地向狮子扔过去。奇迹出现了，狮子被突然飞过来的东西吓坏了，竟然一扭头，逃出去至少有三四十米。待它再一次转过头来，保罗早趁着这段短暂的时间逃上了汽车，并且将车子发动。

车子上的保罗长吁一口气。他战胜了狮子，却仅凭了一卷普普通通的手纸。

所以，我想说的是，生活中，当你身陷险境，意欲发动反击的时候，其实，你手持什么武器并不重要，重要的是你发动攻击的时机，以及你无畏的态度。

谁为你长夜不眠

朋友的生意，突然遭受到灭顶之灾。他试图挽救，反复多次，结果欠下更多的债。当债主们几乎将公司的门槛踏平，心灰意冷的朋友，决定躲回乡下。

乡下是朋友的老家，那里有他七十多岁的老母亲。

躲在乡下的朋友，似一只不安且绝望的老鼠。他每天上午去村尾的河边发呆，下午和老家一个同样失意的朋友在客厅里喝酒。那是接近于真正的"喝酒"，两个人几乎不说一句话，只是往嘴里灌酒。偶尔说两句，也是鸡毛蒜皮，不着边际。晚上，他就把自己关在卧室里，继续喝酒或者蒙头大睡。他很少和自己的母亲说话。他发现母亲好像总是很困，他和朋友喝酒的时候，母亲总是在房间里睡觉。有时母亲在凳子上坐着，也会倚着墙睡过去。也难怪，母亲已经到了这样的年纪。

他不敢把生意赔钱的事告诉母亲。他不想老迈的母亲为他担忧。他只是对母亲说，累了，想回来休息几天。

朋友真的很累。他甚至想，或许自己会彻底放弃以前的事业，就这样躲在乡下，过一辈子。

朋友在老家，住了两个月。正是冬天，老屋里潮湿阴冷。有时他坐在客厅抽烟，会发觉母亲在一旁静静地看他。他把目光迎上去，母亲就笑笑说，你没事吧，他说没事，母亲便不再说话。他发现，母亲眼里，露出一丝难以掩饰的焦虑和不安。

那天朋友又一次喝多了酒，晚上起夜，怕惊动隔壁房间的母亲，便蹑手蹑脚披了衣服，没有开灯。当他推开卧室的门，一下子便愣在那里。他发现，客厅的长凳上正坐着自己年迈的母亲，披一条毛毯，被苍白的月光照着，正瑟瑟发抖。

他开了灯，问母亲，您这是干吗呐？

母亲说，没事……睡不着，想些事情。

朋友告诉我，那天他一夜未眠。他隐约感觉，母亲肯定有事。

第二天，在朋友的追问下，母亲才极不情愿地告诉他，她想看着他，她怕他出事。

母亲说，你十八岁的时候，失恋了。那次你拿了刀子，狠命地划自己的手腕，记不记得？

朋友当然记得。的确，他曾经闹剧般地自杀过，为一个女孩。他一直把那次自杀事件，当成自己年幼无知的冲动。

可是，事情已经过去了这么久……

母亲说，生活不顺心吧？你回来，我知道你肯定有事。……欠别人钱了？……不怕，多大点儿事……

朋友告诉我，那一刻，他的眼泪夺眶而出。是啊，他有什么事，能瞒过敏感的母亲呢？这世上又有谁，能像母亲一样了解他呢？其实，只需他的一声叹息，母亲便能够准确地猜到他的处境了。

　　而年迈的母亲怕他干出傻事，竟然在漫长的冬夜，在阴冷的客厅，偷偷守护了他两个月！两个月，母亲竟没有在任何一个夜里睡过一分钟的觉！

　　第二天朋友离开了老家。临行前，他拥抱了自己七十多岁的老母亲。朋友告诉我，那是他第一次拥抱母亲。

　　现在，朋友的公司仍然不景气，债也仍然没有还完。但他告诉我，他每一天，都在努力。除了成功，他别无选择。

　　他告诉我，其实，出人头地、衣锦还乡、体现价值、实现理想，这些都已成为次要。之所以拼命工作，之所以一定要成功，只因为，他想让自己的白发亲娘，在每一个夜里，都能睡一个好觉。

十万分之一的概率

　　小时候她一直住在小镇子里。母亲带她去镇上买菜，需要走很长的一段路。公路不宽，车也不多，来来往往的行人，像在公路上无所事事地散步。年轻的母亲牵着她，每天在这条小路上往返。总是母亲用右手牵着她的左手，让她紧贴在自己的身体右侧，从来不曾改变。这种单调的姿势让年幼的她常感厌烦。她一边用脚踢着路边的石子，一边问母亲，为什么我总是要走在你的右边呢？母亲将将她额头的乱发，笑着说，小孩子就应该走在大人的右边。

　　是这样？她不懂。她看着路边懒散的行人，以及公路上急驰而过的汽车，一点一点地长大。

　　后来她离开了小镇，再后来她也有了女儿。每天她要带女儿去超市买菜，也需要经过一段公路。是市郊，马路不宽，车也不多，她牵着女儿的手，每天在这条马路上往返。有一天，女儿突然问她，为什么我总要走在你右边呢？这时她才猛然发觉，一直以来，她都是用右手牵着女儿的左手，让女儿紧贴在自己的身体右侧，走在马路的最边沿，从来都不曾改变。

是啊，为什么呢？为什么她的习惯，和母亲一模一样？于是她学着母亲的样子说，小孩子就应该走在大人右边。

那天一辆汽车紧擦着她开过去，带起一阵疾风。她惊出一身冷汗，吓得两腿瘫软，却又庆幸此时的女儿，正好站在她的身体右侧。那一刻她恍然大悟，之所以一定要用右手牵着女儿的左手，是因为，她要保护着自己的女儿啊！这样，万一有汽车朝她们碾来，走在右边的女儿，应该会安全很多。

回老家的时候，像小时候一样，她再一次问母亲这个问题。想不到母亲和她的答案，竟然完全一致。母亲说，这样万一遇到车祸，走到右边的你，可能不会有事。

她突然对这件事产生兴趣。她找到在交警队做事的朋友，要他帮忙查算一下，假如两个人手拉手走在人行道上，假如这时恰好有一辆汽车胡乱地冲过来，那么，走在右边的那个人，较之走在左边的那个人，避免发生车祸的概率，有多少？

几天后朋友告知她答案，这答案令她震惊。朋友说，遇到这种情况，一场车祸将是无法避免的。但也有例外，比如右边那个人也许会幸免。因为毕竟，汽车是从马路中间冲过来的。但是这种概率很小——小到只有十万分之一。

十万分之一，这是一个几乎可以忽略的数字。可是，她的母亲为了她，她为了自己的女儿，她们为那十万分之一的概率，竟一次也没有忽略。

十万分的保护，乘以十万分之一的概率，其结果，就是天地间完完整整的母爱了。

请收回你的目光

在小区的垃圾箱旁，我遇见了住在楼下的老太太。

老太太孤身一人，每天在固定的时间出门散步。那天她在我前面慢慢地走，突然趔身靠近那个垃圾箱。她站在垃圾箱旁看了看，然后寻到一根棍子，目标明确地在垃圾箱里翻找。

她可能是在垃圾箱里发现了什么有用的东西吧？我想。

我和老太太很熟，偶尔在楼道里遇见，总会聊上一两句。老太太在翻找什么呢？儿女们每个周末都来看她，她的日子应该过得并不窘迫。

和大多数人一样，我也对一些事物怀有强烈的好奇心。仅仅是好奇，并没有什么恶意。比如那时，我就想走过去，装作不经意间，看一看她到底在翻找什么。

可是最终我还是忍住了。我从她身边走过去，目不斜视。我不知道她有没有看见我。我希望没有。

　　我有好奇心，甚至有偷窥欲，这本身没什么错误。但是，我不想让她难堪。毕竟一位体面的老太太，趴在垃圾箱边翻拣东西，并不是一件很光彩的事。并且，她肯定不想被别人看见。

　　我见过太多好奇的目光。比如几天前，在街上见到一对母女，看穿着，她们应该属于被我们称之为"盲流"的那个群体。女儿的手里拿着一个苹果，那显然是别人扔掉的，她正用衣襟擦去上面的污水。母亲用身体挡着她，试图不要引起路人的注意。可是很多路人还是停下来，用好奇的目光将她们包围。小女孩啃着苹果，目光怯怯的；母亲的眼睛里，盈满泪水。我相信那泪水不是因为生活的艰辛，而是因为路人的目光。尽管那些目光并无恶意，但无疑会令那位母亲深感羞愧和不安。那已不仅仅是难堪，那是对自尊心最残忍的伤害。

　　我可以假装没看见，从她们身边快速走过。可是，我带走不了那些路人好奇的目光。

　　我想，如果我们不能够帮助她们，那么至少，我们还可以收回自己的目光，从旁边，淡漠地走开。

岁月的鞋子

穿在我脚上的鞋子，记录着一段贫穷并且温馨的岁月。

我记事很早。至今我仍然隐约记得母亲给我做过的虎头鞋。虎头鞋喜庆并且厚实，鞋面上，一对走起路来就拍拍打打的老虎耳朵。我穿着这样的鞋子在院子里疯跑，母亲坐在小板凳上，看着我，笑。那时母亲还很年轻，那时母亲头发乌黑、面色红润。母亲也许在择一把青菜，也许在剥一筐玉米，不管母亲在干什么，全用了微笑的表情。母亲说，小亮，慢点跑。母亲眼睛明亮，目光柔软。

后来稍大些，母亲便不再为我做虎头鞋。然而我的鞋子依然出自母亲之手，只用了一块帆布、一团麻线和十几个夜晚。那是最标准的千层底儿，那底儿几年也穿不烂。我穿着那样的鞋子上小学，却只需几天，便让鞋面露了脚趾——母亲可以用千针万线纳出结实的鞋底，却没有办法找到一块结实的布料。我记得那时供销社的柜台上已经摆了很漂亮的鞋子，我记得那是改革开放初期，商品一天比一天富足，可是母亲从不肯为我买一双哪怕最便宜的鞋子，母亲只是农民，她认为一双成品布鞋不是农民的孩子所能够消费和享用的奢侈品。

我永远忘不了我的第一双成品鞋，是运动鞋，其实不过是一双沾上"运动"概念的布鞋。那时我已经上了小学三年级，那时对别的家庭来说，买一双成品布鞋已经太过平常。大年初一那天，早晨，母亲郑重地将鞋子摆到我的面前，连同一双雪白的运动袜。我穿上鞋子，在炕上蹦，在炕上走，在炕上跑，却不敢下地。我怕将鞋子弄脏，我怕我再也没有机会得到一双真正的运动鞋。母亲坐在炕沿，看着我，笑。我眨一下眼睛，母亲就变老了。

是的，我以为母亲永远都不会变老，可是她的确正在老去。我没有读过大学，高中毕业以后，就进了工厂。那时候，一个农村孩子能进到工厂，并不容易。工厂在离村子一百多公里的城市，临行前，我默默收拾行李，心中半是惶恐，半是快乐。母亲这时走过来，说，这个也带上吧。是一双皮鞋，有着漂亮的色泽和温润的品质。母亲说城市不比乡下，别让人家看不起。说话时，母亲低了头，我发现母亲泪光闪闪。我还发现母亲的白发，那些白发藏匿于黑发之间，却那么醒目，令人伤感。令人伤感的还有皱纹，一道道，一条条，不深，却顽固地趴伏在母亲的眼角、嘴角、额头……我说妈，你有白头发了。母亲笑一笑，不语。我说妈，你有皱纹了。母亲笑一笑，仍不语。她伸出手，想将皱纹抹平，却将皱纹抹了一脸。

母亲变老了。当孩子长大成人，母亲就变老了。似乎天下所有的母亲都是这样——自有了儿女，她们的青春时光，就已经结束。

那么，该是我为母亲做点儿什么的时候了。只是做点儿事情，我不敢妄称"报答"。

不过是做点儿事情。比如帮母亲扫扫地，帮母亲揉揉肩，帮母亲洗洗菜，陪母亲说说话，或者，更多时候，不过是回老家时，在手里拎上一点儿东西。母亲照例会静静地看着我，笑。母亲真的老了，笑时，完全有了老人的样子。

去年夏天，老家来人，帮我捎来一蛇皮口袋东西。那是母亲托他捎来的，尽管母亲很想我，可是她很少进城。蛇皮袋里装了黄瓜、西红柿、茄子、辣椒、大葱、韭菜、青玉米，那简直就是一个小型的菜园。然在这些青菜里，却夹着一双拖鞋。

母亲亲手为我织成的拖鞋，蓝色的拖鞋，用了结实的线。拖鞋穿上脚，柔软，舒服，踏实，咯吱吱响——那是母亲的声音。

心猛地颤一下。突然想起，这么多年，我竟没有为母亲买上一双鞋子。

是这样。我进到城市，成为作家，我自以为很孝顺，可是我仍然羞愧。因为我忽略了母亲的鞋子。因为这么多年，我总是忽略了母亲的鞋子。我只知道母亲为我做了无数双鞋，我只知道母亲的脚步从来不曾停歇，可是我从来没有注意母亲到底穿什么样的鞋子。我为自己的发现深深自责，我认为，我不是一个合格的儿子。

匆匆跑去鞋帽超市，却发现那里为老人准备的鞋子，其实并不多。鞋子们挤在角落，显得无足轻重。我挑了很久，选中一双棉布拖鞋、一双平跟布鞋、一双保健鞋。我让售货小姐帮我包起来，售货小姐却笑了。她说，你好像忽略了鞋子的尺码。

我想我不是忽略了鞋子的尺码，我忽略的是我的母亲。那天我没有把电话打给母亲，我怕她伤心。她走了一辈子路，她为儿子做了一辈子鞋，可是她的儿子在为她买一双鞋子的时候，竟然弄不清楚确切的尺码。

　　最终我把电话打给了父亲。两天以后，当我把三双鞋子送给母亲，母亲表现得很是平静。可是我知道平静背后的母亲是快乐的。那快乐就像儿时的我穿上虎头鞋和千层底儿，就像少年的我穿上运动鞋，青年的我穿上皮鞋……母亲的快乐，因了三双鞋子，母亲的快乐，因了她的儿子终于将她读懂。

　　是这样。我终于将她读懂。我懂音乐，懂美术，懂文学，懂市场营销，懂很多她想象不到的东西，可是这之前，我并没有读懂我的母亲。

　　我想那不是三双鞋子。那是我们的交流。交流来得如此之晚，在母亲老迈的时候。

　　我常常想，假如岁月也有鞋子，那么岁月的鞋子，该也在变换吧？虎头鞋、千层底儿、运动鞋、皮鞋，再然后，布鞋、慢跑鞋，或者拖鞋。然现在，我只希望，不管岁月穿了什么样的鞋子，她的脚步一定要慢下来，慢下来，慢下来，慢下来……让我的母亲，让我们的母亲，能够在她们的最后岁月里，多看一眼她们的儿女。

　　这时候，她们活着，只为我们。

天使的产房

　　小时候有一要好的伙伴，父母都是乡医院大夫。那医院虽然破败，却很大很空旷。古老的建筑横七竖八，花园如同足球场般大小，却坚守着近百年的银杏树。记得那一年夏夜，我几乎天天往那位伙伴家里跑，好像是学校里成立了学习小组，又似乎是别的什么原因。医院家属院就在医院里，在那个花园的后面。去时，需要先穿过一道阴冷逼仄的走廊，再经过空无一人的漆黑的老花园。现在我已经很难将那时的情景描述清楚，我只记得夏夜里那个光着脑瓢的小男孩胆战心惊地走在空旷黑暗的医院大院，心中的恐惧，被自己一点一点地放大。

　　前几次回来，都是小伙伴的母亲送我。那是一位三十多岁的纤细小巧的女人，头发剪得很短，喜欢笑，喜欢柔声细语地说话。她会一直将我送到医院大门口，然后目送我走上沙土马路。她不停地与我交谈，她知道交谈能够减轻我的恐惧。她问我的学习成绩，问我的课余游戏，问我的书包，甚至问我的虫牙……她什么都问，却不会令我产生丝毫不快。她还会给我介绍她的医院，她说这几间房子是门诊部，那几间房子是挂号部和取药处，那边的几间是手术室，中间这两间是中医门诊，后面那整整一排，是病房……

那么，那几间呢？我扭过头，问她。

那几间房子挤在医院的角落——医院虽然空旷，可是它们还是被挤到了角落。我从那里经过几次，我只见到了两扇油漆斑驳的厚重的木板门和一个好像从来没有打开过的铜锁。我想屋子里肯定是黑暗的，那时我认为所有我没有去过的地方都是黑暗的。房子前面有一条小路，小路两边开满了花：鸡冠、串红、月季、夹桃、金边兰、太阳花……可是我从来没有见过任何人去那里看过花或者摘过花。那地方让我充满好奇，也让我骇惧。

哦。她笑笑说，那是天使的产房。她的声音不大，柔软，有着绸缎般明亮细腻的质地。

我们可以偷偷去看看吗？我来了兴致。

不要。她笑笑说，我们应该尊重他们，我们更不要去打扰他们——因为那是天使的产房。

那时候我并不知道什么叫作天使，可是我知道什么叫作产房。我知道产房是生命诞生的地方，那么，天使的产房就是天使诞生的地方。她还告诉我所有的天使都长了翅膀，他们生活在我们看不到的地方，他们是单纯、美丽和善良的，可是他们诞生于人间。

她送过我几次，再以后，就不再去送我。她说我完全可以一个人走出医院，走上医院门前的那条沙土路，然后走回家。她说医院是救死扶伤的地方，没什么好怕的。

那以后，似乎，我真的不再害怕。夜晚的乡间医院里有什么呢？有门诊部，有挂号处和取药处，有手术室，有病房，有鸡冠花，有串红花，有月季花，有太阳花，有偶尔出来打扫卫生的老者，还有天使的产房……天使们长了翅膀，住在我们看不见的地方。医院到底有什么可怕的呢？尽管几年以后，突然某一天，我知道，原来那几间房子，就是医院的太平间——当一个人在尘世的生命结束，就会走进去，从此与世间，再无瓜葛。

可是，难道她说的不对吗？那是"天使的产房"，那是天使们诞生的地方。

她让我单纯快乐的童年，没有产生出丝毫有关死亡的恐惧阴影。现在我想，那个时候的她，不正是人世间最美丽最善良的天使吗？

铁人男人

　　这男人是好男人，这男人是铁人。好像他从来不知劳累，他无怨无悔。

　　他在外面拼死拼活地工作，回来，家里仍然等着一摊子事。厨房的水龙头漏水了，卧室的日光灯该换了，房间的门总是关不严靠，卫生间里的某个插座，似乎有漏电的嫌疑。这些都是男人该做的事情，必须学会和做好。然后，也许他会跑进厨房挥起炒勺，也许只是替妻子打打下手，洗洗菜，或者将垃圾装进垃圾袋，提到楼下。他开始坐下来吃饭，那是一天中最为放松最为幸福的时刻，也许会喝点酒，但绝不能多喝。饭后还有别的事情要做，想到的或者想不到的，预料到的或者预料不到的。男人是家的支柱，这句话绝非空穴来风。

　　也许他需要陪孩子做做游戏，男人转眼间变成高头大马，孩子转眼间变成威风凛凛的骑士。也许孩子长成少年，他喜欢缠住父亲，和父亲掰手腕。他总是输，一次也赢不了，于是他的眼里，父亲的胳膊就是战无不胜的钢铁，父亲就是战无不胜的钢铁超人。他不理睬父亲已经忙了一天，他只在意自己的快乐，只在意需要有人陪伴着自己的快乐。父亲是钢铁超人，无所不能——他必须陪伴他。

终于要休息了，男人洗完澡，躺下，却又想起应该去厨房看一看。燃气灶的胶管已经有些老化，男人不敢肯定夜里它会不会偷偷漏气。男人蹲下身子仔细检查，甚至将鼻子凑上去闻。男人用一根橡皮筋小心翼翼地将胶管扎紧，然后站起来，随手关上厨房的门。男人去到儿子房间，替睡下的儿子掖掖被角；男人进了卧室，蹑手蹑脚。女人睡得正香，床头的薰衣草生机勃勃。男人想偷偷吻一吻女人的脸，下了几次决心，却终是没敢。他静静躺下，静静地把自己的手压在身下，那手是如此冰凉，他怕碰触到女人的身体。

双休日的男人并不能够放松。事实上，几乎所有事情，都要赶在这两天处理。上午他去了趟商场，他想给家里添置一台洗衣机。可是那些洗衣机如此之贵，男人掂量再三，还是作罢。回家时女人正洗着衣服，男人说，洗衣机没买成。女人就笑了。女人说这么多年不都是手洗吗？洗几件衣服，累不坏。男人看看女人，不说话，却蹲到旁边，替女人搓起床单。女人把男人往外推，男人说可是床单呢！你一个人拧不动的。女人说拧不动再喊你，去客厅看电视吧！男人被推出洗手间，却不想让自己闲着。他抱了两个大花盆去了小区花园，他想给君子兰施施肥，给橡皮树换换土。

中午的男人也没有休息。他拿了燃气卡，去交上燃气费；去了趟银行，交上水费和电费；去买了液化气胶管，换掉厨房里老化的胶管。女人问下午去不行吗？男人说当然行。不过，中午人少呢。男人露着憨厚的笑，男人的表情就像一个不谙世事的大男孩。

　　下午男人去了趟路边的车铺。他一直骑自行车上班，那辆车的年龄也许远大过男人。男人与车铺老板愉快地聊天，抽掉两根香烟。男人骑着自行车回家，顺路去超市买了些东西：牛奶、冰淇淋、苹果、蔬菜、牛肉、钢笔、洗浴液、毛巾、女人的发卡、一盒劣质香烟……只有那盒香烟是买给自己的，两大包东西挂在他的车把上，摇摇晃晃。

　　然后，男人去到楼后的空地。非常小的一块空地，男人在那里种上了蔬菜。为这块菜地男人颇费一番心思，他说他要把这块地当成礼物送给他的妻子和儿子。地里种了黄瓜，种了豆角，种了西红柿和茄子，香菜和香葱。每种蔬菜都只种了一点点，只是这一点点，就让他的妻子和儿子兴奋异常。现在男人站在一片绿色之间，心旷神怡。——铁人男人也是有品味的，这品味便是城市里的一方绿色。

　　第二天，男人去了父母家里，又去了妻子的父母家里。他干了些活，清洗一下抽油烟机，或者把房间里的纸箱扛进储物间，活不多，却也累出一身汗。更多时，他安静地和老人家聊天。他聊了工作，聊了儿子，聊了城市的变化，聊了楼后的那块菜地。男人在父母家吃了晚饭，又喝下一点儿酒。仍然不敢多喝，一会儿，他还得用自行车驮着自己的女人。铃铛响起来了，车子却行走得四平八稳。女人侧坐后座，一只手，轻轻揽着男人的腰。她问累吗？男人说不累，我是钢铁超人。男人偷偷擦去额上的汗，再拐一个弯儿，他已经看到了家的阳台。

　　男人当然累。事实上，当他成长为男人，他就知道，他已经有了责任。累也是一种责任，男人想，假如家里只有一个人受累，那么这个人，毫无疑问，只能是他。他知道他不是铁人，他还知道有时候他甚至比女人还要脆弱，他更知道，世界上有太多好男人，却绝没有一个铁人。所有的铁人都是装出来的，却只为了一份责任。

　　好男人都是铁人，好男人都是装出来的铁人。我相信。我们都相信。

同　　伙

　　他在超市买完东西，付过款，提两个购物袋往外走。突然身后有人喊，抓住他！他一惊，一怔，一炸，扔开购物袋，逃得就像一只兔子。他逃出一条街，发现自己犯下一个错误——他的身后，并无追兵。几个人追向另外的方向，他们的前面，一名男子玩命地狂奔。似乎并非男子偷了超市的东西这样简单，从追赶的人群中，他看到两支手枪。

　　只有警察才有手枪。很显然，男子中了埋伏。如此兴师动众，男子必身负要案。

　　他长舒一口气，停下，往回走。他一直走回超市门口，将仍然躺在地上的购物袋重新提回手里。然未及离开，一个嚼着口香糖的男人将他拦下。

　　结账了吗？男人问他。

　　他用下巴指指购物袋里的小票。

你刚才跑什么？男人盯着他的下巴。

他笑笑，耸耸肩，试图绕过男人的身体。男人横行一步，将他堵在原地。

问你呢！刚才跑什么？男人边说边将手伸向腰间。他清晰地看到，男人的太阳穴猛地蹦起一根青筋。

他再一次扔下手里的购物袋。他跑得比刚才还快。他确信男人是警察，更确信男人会从腰间拔出一把手枪。他猜对了。男人几乎在掏出手枪的同时冲天开了一枪，他的双脚，便钉在地上了。类似的处境他有过多次，每一次，他都能成功逃脱。成功逃脱的原因并不仅仅因为他所面对的只有一个警察，还因为，除了警察，没有人试图拦住他，或者追上他。

有那么一次，一个年轻人追出他几步。他停下来，回头，狠狠地瞪了年轻人两眼，再跑，年轻人便不追了。他还记得年轻人的样子。当他瞪他时，年轻人低了头，两腿不停地抖。

可是现在，他知道他必须停下。警察距他如此之近，假如他不理警察的鸣枪警告，警察也许真的会将一颗子弹射进他的屁股。

他就这样被抓获，显得有些窝囊。看守所里，他对那个警察说，大风大浪他都闯过去了，结果却在阴沟里翻船。

警察说你犯了那么多案子，被捕只是迟早的事情。

那是你们运气好。他说，如果不是我恰好碰到超市里那个白痴，你们永远都别想抓到我。

现在，如果你能主动坦白一些问题，或许还有机会。警察说，你的同伙是谁？

我没有同伙。他说。

这不可能。警察说，这么多年，你犯下那么多重案，怎么可能没有同伙？

　　我没有同伙。他说，有时候我倒真的希望能有一个人与我搭伙，但是很遗憾，似乎我永远找不到理想的搭档。你知道，干这一行……

　　可是你每一次都能够成功。警察说，不仅能够成功得手，还能够成功逃脱。

　　并非每一次都能成功逃脱吧？他苦笑，比如这一次。

　　所以你得与我配合。警察说，告诉我，你的同伙是谁？

　　难道你一定要逼我找出一个同伙吗？他哭笑不得，那么我告诉你，我其实不仅只有一个同伙，而是有好几个同伙，或者说，我有一群同伙……

　　一群同伙？怎么会……

　　记得第一次作案，当我将手伸进一个女士的坤包，我用余光看到，一个老人正死死是盯住我的手。可是当我扭脸看他，他的目光，便立刻移开了。你不知道当时我有多害怕，可是那老人的目光的确躲开了……记得那一次，我抢了一位女士的挎包。那女士追赶着我，一直追出两里多地，将我逼到一个广场。广场上正在进行文艺表演，人很多，还有十几个维持秩序的警察。我对那女士说，你别喊，我就把包还给你。她说，好。我把包还给她，她扭头就走，果然没喊……最危险的一次，我在公共汽车上作案时被人发现，十几个人围住我，司机将汽车开得很快。可是最终，我还是逃脱了。因为他们仅仅是围住我，除此以外，什么也不敢做。还因为，我瞪司机一眼，司机便将车子停下……

　　你好像有些答非所问。警察不耐烦起来，你刚才说，你的同伙……

　　难道他们不是我的同伙吗？他说，那个老人，那个女人，那个司机，那些围住我的人，不都是我的同伙吗？如果他们不是，我怎能一次次化险为夷？又怎会在这条路上越走越远？不阻止，便是帮助。可是现在，我恨他们。

童年里不要仇恨

从影片《卢旺达饭店》里目睹了卢旺达的种族冲突，其感觉可以用极度震惊来形容。后来查阅资料，得知在这场胡图族与图西族的可怕冲突中，被屠杀的图西族无辜民众竟然多达百万。那个时候，卢旺达这个非洲国家，已经变成为人间地狱。判定孰是孰非或者追究历史根源已经无关紧要，在令人发指的大屠杀面前，在一百多万灵魂面前，似乎谈论一切都在避重就轻，没有意义。

但我还是想说一说他们的孩子，说一说那些曾经身陷地狱里的人们，如何把孩子们纯真的心灵从这场大屠杀中保护并解救出来。

孩子们快乐的童年本不该留下任何恐惧，可是恐惧偏偏找上了他们，那些日子里，他们跟着绝望的人群四散奔逃，他们亲眼看到自己的亲人被杀害，父亲、母亲、哥哥、姐姐……他们吓坏了，躲到所有能够暂时避身的角落里瑟瑟发抖。他们不知道发生了什么事情，他们只知道亲人正在遭受杀害，正在远离他们而去。

可是没有任何人告诉他们这是一场可怕的种族屠杀。你在街头随便问及一个孩子，他们的回答，肯定会令你大吃一惊！

"因为我没有按照爸爸的要求去做，所以爸爸被杀了。""因为我对妈妈撒了谎，所以妈妈被杀了。""因为我对父母做了不该做的事情，所以他们被杀了。""因为我偷藏了哥哥的苹果，所以哥哥被杀了。""他们被杀，只因为我做错了事情。"……等等，全都是诸如此类幼稚的自责。

是谁向孩子们隐瞒了真相？当然是那些幸存下来的人们。他们深知隐瞒真相等同于隐瞒仇恨的道理，可是他们仍然去做。他们知道，对一个心智并不成熟的孩子大讲种族屠杀是一件非常可怕的事情，这会让他们心中从此埋下恐惧和仇恨的种子。恐惧越来越大，仇恨生根发芽，于是，两个民族的世仇无休无止地延伸。多少年以后，或许，他们中的很多人，又会变成屠杀另外一个民族无辜平民的刽子手。仇恨会让人丧失理智，甚至某些时候，令人丧心病狂。

那么，干脆让这些孩子自责好了。虽然这不是他们的过错，可是又有什么关系呢？就让他们在自责中慢慢长大吧。长大以后，终有一天，他们会知道所有的真相。并且，或许，那些为他们讲述真相的人，就是现在为他们掩盖真相的人。

事实上，任何真相都掩盖不了。它们不是衣服，而是皮肤，它牢牢长在历史的躯体上，抹不去更不可能忘掉。既然如此，那么，就好好替这些孩子珍惜他们难得的童年吧！他们的童年里已经有了阴霾，我们不必再加给他们沉重的仇恨。待他们长大，待他们明晰是非，待他们有了判断和决断的能力，再告诉他们真相，不迟。

童年里不要仇恨，卢旺达人做到了。所以，我坚信，他们的孩子虽然经历了不幸，但是仍然保持了难得的纯真，这无疑是卢旺达人的财富。

　　这或许，也是全人类的财富吧？

突如其来的财富

一艘客轮遇上了风暴，一位男人被抛进茫茫大海。

男人在海上飘了很长时间，终于漂到了一座孤岛。岛上气候恶劣，野兽成群，食物稀少，男人想，自己可能会死在这里了。

男人每天站在礁石上等候路过的船只。有那么几次，他看到有船远远地经过，他挥动衣服，高声求救，但每一次，都是以失败而告终。

冬天马上就要来了，男人想，自己恐怕真的坚持不下去了。更要命的是，这时他生了一场大病，他四肢无力，行动困难，喉咙里发不出任何声音。他想，还是把自己解决掉算了，免得在难熬的痛苦中死去。

男人走向孤岛深处，他在为自己寻找一块合适的墓地。他找到一个浅坑，他想用一块尖石结束自己的生命，但这时他发现，浅坑里面，竟然堆满了金子。

他知道自己突然变成一位富翁。但这时他更伤心了，他想，假如在以前，这些金子，足可以让他非常舒适地过完后半生，而现在，他却要死去了。

男人在浅坑中坐了一会儿，他突然认为不应该这样死去。他觉得就这样死去的话，对不起这一堆金子，对不起这个千载难逢的机会。

男人挣扎着起来，他想为自己造一条船，一条可以让他离开孤岛重返陆地的船。尽管在这之前，他甚至没有拿过斧头。

男人用非常简陋的工具砍倒了一棵棵巨树，然后用在海滩上拣来的绳子扎制成一条最简易的船。确切地说，那只是一个船形的木筏。这个木筏，用了男人两年的时间。男人纳闷，他竟然可以一个人在这座孤岛上生活两年。

木筏很小，男人只能带走极少量的金子。他想这些也足可以让他变成一位富翁了。他在海上漂了两天，终于遇到一艘大船，他得救了。船上所有人都被他的勇气惊得目瞪口呆，他们说，那样的一个木筏，哪怕只是一个很小的海浪，也足以将它击成碎片了。

然而男人却得救了，靠一个最简陋的木筏，这真的是一个奇迹。

男人回到了自己的国家，用这些金子，开始了他最初的创业。他真的成了富翁。

有人问，如果没有当初的那些金子，你能有今天的这些成就吗？他说，如果没有这些金子，我早死在那个孤岛上了。其实那些金子，不过是救了我一条性命。

后来男人的事业越做越大，随之而来的危机也越来越多。有一次男人犯了一个致命的错误，他的事业大厦几乎在一夜之间坍塌。男人挽救了几次，没有成功。最后男人决定铤而走险，他窃取了另一家公司的商业机密，结果，他锒铛入狱。一夜之间，失去了所有。

男人受不了这种从富翁到囚犯的巨大落差，竟然在狱中忧郁而死。

其实，所有突如其来的财富都是这样，它可以给你力量，令你脱离绝境；也可以迷你方向，让你丢掉性命。

土　路

　　一条小路尘土飞扬。

　　从远处看，土路像被遗弃的窄窄的灰褐色布条，随着风，似有了细微的飘动。路的两旁，则密密地排满着绿墙一样的梧桐。夏天里，这些树伸展了巨大的叶片，努力将炽热的阳光挡在路的上方；在严冬，梧桐光秃秃的枝丫便合力抵挡着寒风，与山村一起瑟瑟发抖。

　　土路是村庄与外界的唯一通道。

　　有黄牛，睁着明澈的眼，打量着路尽头的土尘；有孩子，背着破旧的书包，光的脚板唤醒了山村的黎明；有姑娘，提着小巧的篮子，羞涩地浅唱着黛绿色的山歌；还有老人，飘着白髯，根根肋骨清晰可见。

　　土路上的人们，从晨到暮，从春至冬，一刻不停地在奔忙。可是村庄，依然安静和贫穷。

　　有时候，清晨，一轮紫色的朝阳挂在土路远方的树梢，好似树梢轻轻一抖，那圆圆彤红的太阳就会滚落地面。儿时的我便狂奔起来，幻想着那太阳能够等我一次。但每一次，太阳都是无一例外地升起，照着我热气腾腾的脑瓢。

后来我读书了。书读得不好，每次逃学，都会经过那条土路。我把书包藏到某一棵梧桐的高枝上，然后在土路上撒开了飞奔，直至近处的田野和远处的小河。多年后我仍然清楚地记得当时的情景：一个瘦弱的男孩，穿着与身体极不协调的长褂，急速地穿过土路上翻滚的黄褐色尘烟，奔向他梦幻般的真实。我认为，土路预示了我后来的人生。

我极不喜欢那条土路，甚至于有些憎恶。我说不出缘由。

考美术师专时，父亲去送我。他没有陪我去县城，因为他知道，即使去了，也帮不上忙。走出很远了我回头，看到土路的那端，父亲的身体缩成一个静止的黑点，像沾在布条上的一只蚂蚁。那时我想，考上了，就告别土路了。心里窃窃地喜着。后来我回来了，表情沮丧。我顺着土路慢慢地往回走，一个小的黑点逐渐清晰成我的父亲。父亲没有说话。他拍了拍我的肩膀。那是父亲第一次拍我的肩膀。我觉得对不住我的父亲。但父亲那时的表情，好像更对不住我。

有时在夜间，我会感受到一种深深的恐惧。我怕我长成这山村里一模一样的父辈。我怕我的一生都会在这条土路上消耗掉。记忆中，这条土路就没有丝毫的改变，还有一成不变的乡间岁月。

我对农民的热爱，极有些叶公好龙的色彩。是的，我会老去，但土路不会，土路上的岁月不会；其实我并不在意农民的艰辛，但我在意这种艰辛所换来的所有，对他们来说，会毫无意义。

就像土路上的那些父辈。

再后来我真的离开了。对那条土路，对那个小村，甚至对父亲，近乎绝情。仍然是父亲送我。仍然是没有说话。记得是春天，记得刮了很大的风。临行前，父亲扔给我一支香烟。那年我十九岁。我是抽着那支烟上路的。我回头，父亲再一次静止成一个小的黑点。风很大，村庄开始模糊不清，父亲也开始模糊不清。有一颗火星蹿进我的眼睛，那一刻世界猛然变成了红色。

这红色，让我的眼睛痛了好几天。

我在城市里不停地飘荡。生活变得紧张和低贱。有时我在那些高楼下面急急地行走，抬头时，一滴空调室外机的水会恰好落到我仰起的脸上，这增添了我的孤独。尽管是柏油路，但到傍晚，我的皮鞋仍然会蒙上一层细小的尘粒。我怀疑那些尘粒，来自故乡的土路。

但土路终究是变化了。前些日子回老家，那路竟铺上了沥青，梧桐也不见了，换成修剪得低矮整齐的冬青树。但路上仍然有黄牛，有顽皮的孩童和羞涩的姑娘，有白髯的老者和千年不变的传统。那时我扎了银灰的领带，穿了藏蓝笔挺的西装和乌黑油亮的皮鞋，我与故乡的风景显得格格不入。这像极了当初的我，对于城市。

回到家，递一支烟给父亲，我发现，我的皮鞋上仍然沾满了细小的尘埃。

没有风。我不知道，这些尘埃来自何方。

团队的生存法则

　　狮子也许是猛兽中最热衷于组成群体的动物。狮群的组成已经远远脱离了原始的血缘关系。哪怕它们本来互不相干，可是一旦狮群组成，立刻就会显示出无与伦比的强大战斗力。狮群的战斗力缘自它们严格的纪律和缜密的分工：有的负责驱赶，有的负责拦截，有的则负责突袭。只要狮群全力出击，很少失败而归。

　　偶尔它们也会失败。而失败，多是因为其中一只狮子。这只狮子也许由于生病，也许由于受伤，也许由于其他原因。总之它在狮群的袭击行动中没有尽到全力，于是猎物逃脱，最终导致自己和整个狮群受到饥饿的威胁。猎物总是在没有尽全力的狮子面前逃脱。——猎物经历了太多危险，它能够在最短的时间内寻到狮群里最薄弱的环节。

　　被狮群攻击的也多是一个团体，比如斑马群。当狮子们发动攻击，它们唯一能做的就是赶快逃命。上苍没有为它们生出两排利齿、两只犄角或者像一个如乌龟般坚实的外壳，那么，跑得比别的同伴更快一些，就成了它们能够活下来的唯一机会。

庆幸的是，绝大多数斑马都做到了。对它们来说，危险落到自己身上的概率非常小。假如这个群体有一千只斑马，那么每一只斑马被捕获的概率就是千分之一；假如群体里的斑马有一万只，那么被捕获的概率就是万分之一；假如群体里的斑马变成十万只，那么，死亡的概率就变成了十万分之一……虽然逃跑的方式是唯一的，但是，跟定一个庞大的团体，危险无疑会降低很多。假设群体中的个体数量接近于无限大，那么，被捕获的机会就接近于零。

对一匹斑马来说，当危险降临，只能够拼命跑。拼命跑，自己就有希望，群体就有希望。任何一匹斑马都不能心存侥幸。只要它稍慢一步，就会马上变成那千分之一、万分之一、十万分之一……狮子们身经百战，它们在攻击的时候，肯定能在最短的时间内找到整个群体中最弱的一员，然后依靠群体的力量将它捕获。

生活中，我们习惯把这个群体称之为团队。可是太多时你根本不能分辨你所依附的团队是狮群还是斑马群，有多大或者有多小，有多强势或者有多弱势，所以，你能够做的，只剩下拼尽全力。

——哪怕是为了自己。

万　花　筒

　　黄昏时候，列车开出老牛般的速度。车厢里很安静，有人打着盹，有人看着报，有人发着呆，有人吃着东西。列车咣当咣当漫不经心地驶向终点。终点是一个陌生的城市，父亲带着他的儿子去那里看病。

　　四个人的座位。父亲和儿子坐在这边，那对年轻人坐在那边。他们还是大学生吧？看他们的穿戴和表情，看他们旁若无人地表现出虽稚嫩却亲昵的举动。他们喝着可乐，吃着薯片，谈着周杰伦和巴黎圣母院，用纸巾为对方擦去嘴巴上的残渣。两个人偷偷笑着，薯片嚼得咔嚓嚓响。

　　他们，在吃什么？儿子拽拽父亲的衣角，小声问。

　　薯片。父亲小声说，别看。

　　薯片？

　　就是土豆片。父亲说，让你别看！

土豆片吗？儿子听话地将目光移向别处，这么薄的土豆片……刀子切的？

刀子切的吧……也可能先把土豆磨成粉，再把土豆粉压成薄片。父亲说，总之就是土豆。土豆，咱家里多的是。

可是跟咱家土豆不一样呢。儿子虽然看着窗外，却不断扇动着鼻子。好香！

父亲变了脸色。他狠狠地剜儿子一眼。儿子的鼻孔马上就不动了。

装薯片的纸筒好漂亮。过了一会儿，儿子说。

父亲看着窗外，不说话。

他们吃完了。儿子说。

父亲仍然没有说话。

他们吃光了薯片，好像他们不要那个纸筒了。儿子看着父亲。

你想干什么？父亲看着他。

我想要那个纸筒。

要纸筒干什么？

做个万花筒。儿子说，我早想做一个万花筒……那个纸筒正好……他们吃完了，那个纸筒好漂亮。

父亲瞪着他的儿子，脸上有了怒气。儿子用眼角怯怯地看看父亲，又低了眼，缩进角落，坐得笔直。那个空荡荡的纸筒就扔在桌子上，伸手可及，男孩几次把胳膊抬起来，却只是挠了挠自己的脸。

列车在一个小站有了短暂的停留，两位年轻人背起行李下车。临走前他们收起那个纸筒，丢进火车上的垃圾箱。

他们把纸筒丢了！儿子兴奋地拉拉父亲的衣角。

哦。父亲说，那东西本来就没有用。

可是我想用它做一个万花筒！

别闹……那是城里人丢掉的东西……

我没闹……他们不要了，我去拣过来……

又不能吃！

我要做万花筒……

信不信我揍你？

他们不要了……

我真揍你？

巴掌扬起来，高高地，恶狠狠地，做着时刻落下去的姿势和准备。男孩小小的身体猛地一颤，又咬咬嘴唇，缩缩脑袋，再一次低了眼。却有眼泪在眼眶里打转，他感到非常委屈和不解。

列车终于抵达终点，父亲拖着他的儿子，下了火车。男孩拼命回头，眼巴巴地瞅着垃圾箱里的空纸筒。没有用，父亲拽着他，五根手指如同五把结实的铁钳。

那纸筒安安静静地躺在那里，等待被丢进更大的垃圾箱。城市里它只是一个毫无用处的包装盒，可是到了乡下，它可能变成一个让孩子开心无比的万花筒。

天使的晚宴

女佣住在主人家附近，一片破旧平房中的一间。她是单身母亲，独自带一个四岁的男孩。每天她早早帮主人收拾完毕，然后返回自己的家。主人也曾留她住下，却总是被她拒绝。因为她是女佣，她非常自卑。

那天主人要请很多客人吃饭。客人们出身上流，个个光彩照人。主人对女佣说今天您能不能辛苦一点儿，晚一些回家。女佣说当然可以，不过我儿子见不到我，会害怕的。主人说那您把他也带过来吧……不好意思今天情况有些特殊。那时已是黄昏，客人们马上就到。女佣急匆匆回家，拉了自己的儿子往主人家赶。儿子问我们要去哪里？女佣说，带你参加一个晚宴。

四岁的儿子并不知道，自己的母亲是一位佣人。

女佣把儿子关进主人家的书房。她说你先待在这里，现在晚宴还没有开始。然后女佣进了厨房，做菜切水果煮咖啡，忙个不停。不断有客人按响门铃，主人或者女佣跑过去开门。有时女佣进书房看看，她的儿子正安静地坐在那里。儿子问晚宴什么时间开始？女佣说不急。你悄悄在这里待着，别出声。

可是不断有客人光临主人的书房，或许他们知道男孩是女佣的儿子，或许并不知道。他们亲切地拍拍男孩的头，然后自顾翻看着主人书架上的书，并对墙上的挂画赞不绝口。男孩始终安静地坐在一旁。他在急切地等待着晚宴的开始。

女佣有些不安，到处都是客人，她的儿子无处可藏。她不想让儿子破坏聚会的快乐气氛。更不想让年幼的儿子知道主人和佣人的区别、富有和贫穷的区别。后来她把儿子叫出书房，并将他关进主人的洗手间。主人的豪宅有两个洗手间，一个主人用，一个客人用。她看看儿子，指指洗手间里的马桶。这是单独给你准备的房间，她说，这是一个凳子。然后她再指指大理石的洗漱台，这是一张桌子。她从怀里掏出两根香肠，放进一个盘子里。这是属于你的，母亲说，现在晚宴开始了。

盘子是从主人的厨房里拿来的。香肠是她在回家的路上买的。她已经很久没有给自己的儿子买过香肠。女佣说这些时，努力抑制着泪水。没办法，主人的洗手间是房子里唯一安静的地方。

男孩在贫困中长大。他从没见过这么豪华的房子，更没有见过洗手间。他不认识抽水马桶，不认识漂亮的大理石洗漱台。他闻着洗涤液和香皂的淡淡香气，幸福得不能自拔。他坐在地上，将盘子放上马桶盖。他盯着盘子里的香肠和面包，为自己唱起快乐的歌。

晚宴开始的时候，主人突然想起女佣的儿子。他去厨房问女佣，女佣说她也不知道，也许是跑出去玩了吧。主人看女佣躲闪着目光，就在房子里静静地寻找。终于他顺着歌声找到了洗手间里的男孩。那时男孩正将一块香肠放进嘴里。他愣住了。他问你躲在这里干什么？男孩说我是来这里参加晚宴的，现在我正在吃晚餐。他问你知道你是什么地方吗？男孩说我当然知道，这是晚宴的主人单独为我准备的房间。他说是你妈妈这样告诉你的吧？男孩说是……其实不用妈妈说，我也知道。晚宴的主人一定会为我准备最好的房间。不过，男孩指了指盘子里的香肠，我希望能有个人陪我吃这些东西。

主人的鼻子有些发酸。用不着再问，他已经明白了眼前的一切。他默默走回餐桌前，对所有的客人说，对不起今天我不能陪你们共进晚餐了，我得陪一位特殊的客人。然后他从餐桌上端走两个盘子。他来到洗手间的门口，礼貌地敲门。得到男孩的允许后，他推开门，把两个盘子放到马桶盖上。他说这么好的房间，当然不能让你一个人独享……我们将一起共进晚餐。

那天他和男孩聊了很多。他让男孩坚信洗手间是整栋房子里最好的房间。他们在洗手间里吃了很多东西，唱了很多歌。不断有客人敲门进来，他们向主人和男孩问好，他们递给男孩美味的苹果汁和烤成金黄的鸡翅。他们露出夸张和羡慕的表情。后来他们干脆一起挤到小小的洗手间里，给男孩唱起了歌。每个人都很认真，没有一个人认为这是一场闹剧。

多年后男孩长大了。他有了自己的公司，有了带两个洗手间的房子。他步入上流社会，成为富人。每年他都要拿出很大一笔钱救助一些穷人，可是他从不举行捐赠仪式，更不让那些穷人知道他的名字。有朋友问及理由，他说，我始终记得多年前，有一天，有一位富人，有很多人，小心地维系了一个四岁男孩的自尊。

朋 友 如 茶

朋友喜文，更喜茶。

那时我们过得都不顺心，常去一个叫"品茗光阴"小茶馆泡时间。茶馆不大，环境幽雅，古香古色。老板是位三十多岁的女人，见我们来了，莞尔一笑，一会儿，一壶茶送过来，再笑笑，扭头，轻移莲步，款款离开。

女人从不打扰我们，很安静，就像茶。

我不懂茶道，可是我懂茶的色泽和味道。形美，色透，香浓，味醇，这便是好茶了。

朋友说，茶就像朋友。形美，不能对朋友有任何龌龊或者委琐的表情；色透，与朋友接触，多一点儿单纯，少一些杂念；香浓，要让朋友感觉到你的正直与热情；味醇，好朋友是用来品的，时间越久，越能品出其中的醇香。

我同意他的说法。

后来那个茶馆便成为我们小聚的固所。每次一壶茶，半天光阴。

你知道吗？朋友说，喝茶也需要茶缘。

我不懂。

识茶者才有茶缘，有茶缘者才能识茶。朋友说，人生苦短，喝茶首先是为着享受一段恬淡和娴静、从容和悠闲。你需要静下来，与茶交流，把茶当成自己的朋友，然后，你才有资格从茶那里索取。比如茶的诸多功效：解酒提神、滋肺润腑、减肥养颜、降血抗炎、延缓衰老……

真的能？

还是那句话，就看你有没有茶缘。

哦，茶缘。我突然想起林语堂先生的一段话：

　　享受悠闲生活当然比享受奢侈生活便宜得多。要享受悠闲的生活只要一种艺术家的性情，在一种全然悠闲的情绪中，去消遣一个闲暇无事的下午。

喝茶之事，便是"悠闲"生活的一种吧？一个闲暇无事的下午，一壶香气内敛的好茶，一二朋友，一段曲子。只是喝茶不但要静，还需要一种性情——艺术家的性情。人与茶，都是艺术，都是艺术品。而喝茶的过程，更是一门艺术了。

这艺术，非有茶缘者不得要领。

后来朋友去远方打拼。再去茶馆小坐，便只剩我一个人。仍是那个座位，仍是那个老板，仍然是一壶茶，我想，其实每一壶茶，都是一壶光阴。

"捧一把茶壶，中国人把人生煎熬到最本质的精髓。"多年以前，林语堂先生如是说。

前几天朋友回来，见他是瘦了一圈，整个人气色很好，更年轻。问他为何，他说，喝茶的原因吧？

难道跟我没有关系？

他说当然有。喝茶，想你，人便瘦下来。心静如水，气定神闲，人便显得年轻、洒脱。我早说过，好朋友如茶，茶也是好朋友。顿了顿，又说，好像你也精神了很多。

我想他并非在开玩笑。我想，假如茶真有灵性，也会把我当成挚交吧。

那天我们一直坐在那个茶馆品一壶茶，外面大雪纷飞，世间安宁。一切都没有改变，包括茶具，包括朋友，包括光阴，包括茶。

屁 大 点 事

    无疑，在诸如打嗝、打喷嚏、剔牙、挖耳朵、抠鼻孔等不雅之事中，当众放屁最令人难堪。甚至可以说，你努力维持的个人魅力，你努力经营的个人形象，都极可能在那个熟悉并且令人讨厌的细小声音里土崩瓦解。

    世上绝没有任何声音，比一屁之声更令人讨厌，更令人难堪，更令人恐惧，更令人不知所措。

    所以，大多人都学会了掩饰。继续不动声色，继续谈笑风生，继续写字，看电影，吃饭，等等。虽然痛苦，但是毕竟可以掩饰和伪装——掩饰和伪装本就是人类之强项。然气味是掩饰和伪装不了的，再帅再儒雅的男人，再美再动人的女人，其屁之气味也与普通劳苦大众的没有区别。——上帝在某些地方，的确很公平。

    气味不像光，可以轻松地寻到来源。当气味散开，气味的源头，便变得模糊。不快是自然的，然而，冤无头，债无主，既然气味无出处，也只好作罢。皱皱眉头，或者扭过头去，继续自己的事情。其实就算找到源头又能怎么样呢？因你，也做过同样的事情。所以只好宽容。——如果自己的过错同样发生在别人身上，我们的宽容，就变得容易得多。

但有时，这种事情却掩饰不住。其主要有二：一，只有两个人时；二，声音清脆响亮时。这时便会有故事发生，人类的聪明才智也会得到最大程度的发挥。

见过一女，很漂亮，聚会吃饭时，响过那么一下。声音不大，却很清晰。大家都是有素质之人，假装没听见，继续吃饭。然此女却欠欠身子，将椅子往前拖动一下。椅子与地板摩擦，发出"吱"的一声。此女笑笑，说，什么破地板？响个没完？大家都笑了，为她的机智。

听过很多类似的故事：说某女在众人面前突放一屁，或发生在公车，或发生在影院，或发生在朋友聚会时，当大家不快时，便有一男站出来，说，是我放的。于是此女颇为感激，便与此男交了朋友，有了感情，结了婚，生活从此美好。想想此男泡妞成本极低，一句话，便够了。况且，其实，在当时，又有谁肯相信此男的话呢？心知肚明，给此女一个台阶而已。

可是我见过这样一位女人。响声过后，她站起来，抱歉地对别人说，对不起啊！于是，很佩服她的勇气。再细想，有什么大不了呢？一个屁而已。并且，如果你有恻隐之心，便不忍让一位女人为一个屁受尽折磨。我等不会作诗，换成某位唐代诗人，甚至有可能为此写出一首"吐气如兰"的千古佳句吧？所以，时间久了，变香的，并非仅仅是酒。

然不管如何，之于此事，大多人仍喜欢憋着。实在憋不住，便只好憋了声音。连声音都憋不住，便只好假装无辜。不看不知道，一屁真奇妙。再细想，生活里，一生中，又岂止一个屁事如此？！

　　屁大点事。屁，大事。

品质的评级

老人是我的师傅。

他的收藏之路始于二十世纪八十年代初。那次他无意中遇到第二套红五元，他惊叹那个特殊年代的纸币竟然能够幸存并保留至今。老人咬咬牙，五十块钱将其买下。那时，五十块钱是他一个多月的工资。

我曾多次问过老人当初为何要买下它。老人说，凭感觉吧！老人的感觉是对的，现在那张红五，价格已逾五万。

然老人也有感觉失误的时候。比如那枚袁头飞龙，老人用三万块钱从一个朋友那里买来，老人对它深信不疑。可是三个月以后，当老人第一次将这枚袁头飞龙拿给我看，只一眼，我便发现了问题。我替老人感到惋惜。不仅是他损失了三万块钱，而是他的一世英名——之前，老人从未走眼。

关键是，卖这枚银币给他的朋友，已经去世。就是说，老人成了朋友的袁大头。

我没有直接说币是假的。我只是说，你喜欢就好。

老人说，你不是一直劝我把一些钱币拿去评级吗？这几天我整理了一些，你帮我去评评级。

的确，这几年我一直在劝说老人将他的部分钱币拿去评级。我对他说PCGS评级是近几年的趋势——这不仅使钱币的保存变得更简单更科学，更重要的是，从评级币的外壳上，就可以看出币的基本信息：年代、材质、瑕疵等，并且看一眼评级分数，便能对其价格做出一个准确的判断。然老人总是拒绝。理由很多，最重要的一条是：他在钱币收藏界摸爬滚打了这么多年，什么样的假币都瞒不过他，没必要多花那份评级的钱。

我曾以为老人一辈子都不会接受PCGS评级。现在，老人主动要求让我难以理解。

老人笑着说，我的年纪越来越大，哪天走了都正常。我想把这些藏品留给我儿子……

这跟PCGS评级有什么关系？

当然有关系。老人说，一直以来，我虽然没有一枚评级币，但我的藏品保存得非常好。不过以后，当它们传到我儿子手里，就很难说了。万一受潮、氧化、磕碰、污染，就太可惜了。还有，我儿子对钱币收藏完全是个门外汉，有了盒子上的那些文字和分数，就可以一目了然……

老人的话是真的。他儿子对钱币的确毫无兴趣。他有自己的追求。他的追求是包下一座荒山，栽大片的果树，养成群的牛羊，再养一塘鱼……说白了他想做一个快乐的农夫。可是这并不容易。

问老人，你想将哪些钱币拿去评级？

老人说，镜面大头、小鹿正银、美品坐洋、清华大学……

这枚袁头飞龙呢？

当然要。老人说，这是好东西，值得传下去。

事情变得有些复杂。假如真拿这枚袁头飞龙送评，结果老人必然接受不了。近几年老人患上心脏病，我怕他承受不了打击。

——不是损失三万块钱的打击，亦不是他看走眼的打击，而是他最信任的朋友欺骗他的打击。

接下来的时间，我帮老人送评了他的那些藏品：镜面大头、小鹿一两、清华大学……当然，包括袁头飞龙。结果令老人非常满意，他的所有藏品，无一假币。特别是袁头飞龙，虽分数不高，但相比品相，已经很难得了。

看看，我就知道朋友不会骗我。老人将那些评级币小心地放进保险柜，锁好，拍拍。对我说，哪怕我儿子再棒槌，也不怕了。

此事就这样过去了。

可是前几天，老人打电话让我过去。令我吃惊的是，老人不仅送给我一枚评级的三年镜面大头，还要把那枚袁头飞龙也送给我。

这么贵重的东西，我不能要。我说，再说你一直想把它传给你儿子……

可是它本来就是你的。老人笑着说，真以为我看不出来？

这枚袁头飞龙的确是我的。将老人的那些钱币送评之前，我留下老人的袁头飞龙，又从朋友那里买了一枚品相接近的真品送去评级。为了让两枚银币更像，我甚至咬着牙，将新买的那枚磕出一点儿小伤。想不到，还是被老人发现了。

老人说，当这枚评级币拿到手，它就发现不对。他没有说，只是怕我伤心。

伤心？

处心积虑为我做点儿事，还没有成功，你怎能不伤心？

可是你还是说出来了。

因为它本来就是你的。老人说，不仅如此，这些天我一直在处理我的一些藏品。我总不能把它们带进棺材，是吧？我想开了，既然儿子不喜欢钱币，就算这些东西传给他，他也不会珍惜，不妨让给那些真正喜欢它们的人，然后用卖来的钱，给儿子包一座荒山……宝剑赠英雄，是吧？对你来说，银币是宝剑；对我儿子来说，则是一座荒山。

老人的话让我感动。他把藏了半辈子的钱币且送且卖，他的境界绝非凡人。

可是你得把那枚假币还我，老人冲我笑笑。

你要它有什么用呢？不过一枚假币……

是假币，又非假币。老人说，昨天朋友的儿子找到我，说他父亲临终以前曾交给他一沓照片——他把近些年他卖过的钱币全都拍了照片，说只要他儿子发现这里面有赝品，不管过去多长时间，都要原价购回。他说，钱币的品质可能有问题，但藏家的品质绝不能有问题。他儿子本不懂钱币，因了父亲的遗愿，这两年一直在研究钱币并逐渐喜欢上钱币。就在前几天，他真的发现那枚袁头飞龙有问题……

所以他要原价买回？

老人点点头，说，因了这件事，我想让给他一些藏品，其中就有那张红五……

稍后，他说，评级考验是钱币的品质，时间考验的是藏家的品质。说到底，藏家拼的不是财力，不是眼力，不是机会，而是品质。你拥有什么样的品质，就会拥有什么样的藏品。

想想，的确是这样。

水　　果

　　男孩今天起得很早。他静静地洗脸，刷牙，一遍又一遍将他白色的旅游鞋细细擦拭。然后他坐在椅子上等候他的母亲，满脸兴奋。客厅里阴暗潮湿，男孩的脸上却闪烁出动人的光彩。他去一趟洗手间，取来笤帚，将餐桌下的几只蟑螂扫出屋子。回来，女人已经起床。他看着母亲的脸，他的表情里，充满期盼。

　　不急的。女人说，会议得九点钟才能开完。我们赶在九点前过去就行……

　　不会晚吗？男孩有些担心。

　　不会的。女人去到厨房，煮半锅玉米粥，又将咸菜切成均匀的细丝。先吃早饭吧！

　　男孩将脑袋扎进海碗。他"呼噜呼噜"地喝着粥，似乎胃口极好。他们会不会把水果全部吃光？男孩把脑袋从海碗里拔出来，说。

当然不会。女人笑着，水果只是摆设，没人去动它们。

既然不吃，为什么要摆设呢？

好看吧！

那为什么不摆鲜花呢？

是啊，为什么不摆鲜花呢？我哪知道？这孩子，问个没完没了。女人将碗筷收进厨房，说。

女人刷着碗筷，悲凉涌上心头。多长时间没给儿子买水果了？三个月？半年？一年？也许儿子不但忘掉了水果的味道，还忘掉了水果的模样。几天前，他和儿子从医院出来，儿子突然指着一个竹篮，小声问她，那是什么？

是草莓。这个季节里，大街上随处可见的草莓。那一刻她用拳头捂住嘴巴，那一刻，她泪如泉涌。

那天儿子为她擦干泪水。儿子说我不想吃，我只是好奇。我真的不想吃，我只是问问那是什么？五岁的儿子非常懂事。非常懂事的儿子，几乎将她所有的收入，全都变成了吊针、药品、护理费、手术费……

女人在两天以前到那家公司。公司很大，她负责打扫一楼至十六楼的走廊和洗手间卫生。每层楼都设有会议室，每一次，会议以后，桌子上都会留下很多水果：梨子、苹果、香蕉、橘子……水果鲜亮诱人，却在会议以后，变成垃圾。那是真正的垃圾，它们会被那个专门负责会议室卫生的女孩装进一个塑料袋，然后丢进公司门前的垃圾筒。女人终忍不住问她，这些水果难道不能再吃吗？女孩就笑了。这是公司的规定，女孩说，不能用用过的水果招待客人……这是对客人的不尊重。

可是就摆一会儿，就算招待过客人了吗？她说，水果毕竟不是用来看的……

可是在这里，水果就是用来看的。女孩说，其实我也舍不得……多好多新鲜的水果啊！

　　所以昨天，她跟女孩偷偷商量，能不能，将那些"招待过客人"的水果们送给她。女孩说可以啊！到时候你过来，我将水果拿给你就行。不过千万别让别人知道……

　　这是女人第一次跟别人讨要东西。她认为那一刻，她是世界上最为无奈最为尴尬的乞丐。

　　本不想带儿子去的。可是儿子刚刚出院，她不放心将他一个人留在家里。更何况昨天晚上，当她告诉儿子明天可以有水果吃时，儿子小声问，我可以去看看吗？儿子的语气就像跟她商量，然她能够读懂儿子期盼的眼神。她没有拒绝，她只是嘱咐儿子必须候在一楼大厅，然后，她让水果带给他。

　　儿子果然非常听话。他老老实实地坐在大厅沙发上，一双好奇的眼睛却转来转去。女人上到八楼，见到那个女孩。她小声问她，托你的事情，怎么样了？女孩想了想，问她，什么事？她说，那些水果……她的声音更低了，她认为她的尊严正在经受着残忍的蚕食。女孩猛地一拍脑袋，抱歉地说，糟了！全扔到门口的垃圾筒里去了！女人抬头，艰难地笑笑，说声谢谢，往回走。女孩在后面追赶着，说，真的对不起，我给忘记了……如果你需要，我可以再把它们拣出来。女人说，真的不用了，谢谢你。

　　儿子没有盼来他的水果，眼睛暗下去，表情极其失望。女人说要不你去外面玩吧！现在我得工作一会儿。她将儿子领到外面，那里有一个小花园和一个小垃圾筒。垃圾筒刚刚清洗过，并不脏，甚至干净得就像一个造型奇特的饭碗。垃圾筒里装了香烟壳、碎纸屑，以及梨子、苹果、香蕉、橘子……

　　男孩发现了它们。

男孩扯一下母亲的衣角。那些，我可以带回家吗？他小心翼翼地说，它们很干净，很新鲜，我可以多洗几遍，然后剥掉皮……

女人说，不能，千万不能，我的孩子。如果它们盛在水果篮里，盛在盘子里，不管它们多脏，多干巴，它们也是水果；可是现在它们躺在垃圾筒里，那么，不管它们多新鲜，多干净，它们也是垃圾……

男孩想了想，使劲点点头。他跑到垃圾筒前，将一粒遗弃在外面的红艳艳的草莓拣进垃圾筒。他转回头，冲女人咧嘴一笑，说，我知道，这是草莓。

女人冲男孩竖起拇指，笑了。却不小心，笑出一滴眼泪。

一 封 信

周海亮

牛筋老汉对春草说：妮，我说，你写。写得漂亮些。

大虎，你这一走，两年多没有回来。好几次想写封信给你，但是春妮不在。春妮不在，村里就没有识字的人了。秀兰、羊娃、小崽、天来、秋菊、高梁，他们都打工去了。你二叔，三叔，田哥，强子，也都打工去了。大虎，村子里只剩下了老头老太太，A村子里快没人啦……大虎，听爹一句话，如果城里不好混，你就回来。我和你娘侍弄二十多亩地，老胳膊老腿的，老是顾不过来。你娘身体还不好，这几年，风湿病好像严重了。去年我和你娘又承包了十二亩果园，新栽的果树，疯长。明年就能挂果，如果年头好，应该能赚不少……大虎，本来我和你娘希望你能留在城里，可是前年你过年回来，垂头丧气的，脸色蜡黄，就知道你在城里没少受罪。大虎，你到底图城里什么呢？咱村里人到底图城里什么呢？住的不如咱农村的狗窝，吃得不如咱农村的狗食，空气比咱农村的茅坑里都难闻，又像狗一样遭城里人的白眼，图什么呢？咱农村虽然穷，但总还能吃得饱饭，穿得暖衣，再肯出把力气的话，很快就能在村里起五间大瓦房……大虎，留在村里的人越来越少，咱村都快成空村啦。地没有人种，房子没有人住，满山的野菜和蘑菇没人采，看着心痛啊！……大虎，你也不小了，不能再耽误了。如果你回来，老老实实守着家，守着我和你妈，娶个老婆，生个娃，安安稳稳过日子，不挺好？春草娘前几天给春草介绍了一个小伙子，米家屯的，人长得虽然一般，可是有力气，能干活，家里五间大瓦房，早起了。你说，如果你回来，咱也起五间大瓦房，谁还敢小看咱？……大虎，爹的话，你考虑考虑，如果想回来，就提前回个信……大虎，信是我让春草写的，她向我保证，我怎么说，她怎么写，一个字都不会差……大虎，要麦收了，一天比一天热，你在外面，别太累，多喝水……大虎，我和你娘都挺想你……

春草对牛筋老汉说：伯，我在写呢。你怎么说，我怎么写。

大虎，你这一走，两年多没有回来。好几次想写封信给你，可是你爹不告诉我地址。干你们那一行，风吹日晒，工作地点隔几个月一变，想给你写封信，也那么难。你走以后，秀兰、羊娃、小崽、天来、秋菊、高梁，他们都打工去了。大虎，村子里只剩下老头老太太，B村子里快没人啦……大虎，我不想呆在村子里，我也想跟你去打工。前几年，我爹身体不好，我得侍候他，走不开。去年，爹走了。爹走了，娘开始给我张罗对象。娘看上一个小伙子，米家屯的，人长得又矮又丑。不过他有力气，能干活，家里起了五间大瓦房。娘就是看上了大瓦房，才让别人给我张罗的。可是大虎，大瓦房有什么稀罕？我不喜欢他，更不想嫁给他……大虎，

1

2.小说题目一朵一朵的阳光有什么含义？

3.小说在结尾才暗示男人就是男孩儿的父亲，请找出前文相关伏笔。

4.小说的主人公是男人，还是未曾露面的娘？谈谈你的看法。

参考答案

1.E B D

2.一朵一朵的阳光表面上是指在男孩和他娘眼中阳光是一朵一朵的，实际上一朵阳光象征着一位家庭成员，只有每一位家庭成员因亲情而聚集在一起，才能组成一个美满的家庭。

3.①对于初见的男孩儿，男人专注地看着；②询问男孩儿是否一人在家时，直接问你娘呢；③一听男孩儿说自己生病了，就关切询问；④问男孩儿年龄时，脱口而出七岁了吗；⑤知道他们原来住村里，所以自然问出你们怎么不住村子了。

4.参考一：小说的主人公是男人。小说的情节围绕男人的三次喝水而展开，刻画了男人由寻亲到知亲再到认亲这一心路历程，在男子的幡然醒悟中结局。小说的环境描写主要为塑造男子的形象而服务，文中多次描写阳光，前几次是以炙热阳光的烘烤来衬托逃跑在外的男子不见天日的艰难生活，结尾处则是为了表现男子领悟亲情、决定自首后心灵的坦荡。小说的主题是表现亲情的温暖、爱的力量，而男子的经历和情感的变化最能体现这一主题。

参考二：小说的主人公是未曾露面的娘。小说中娘虽然一直没有出现，人物形象却在男孩儿和男人的对话中表现得十分鲜明，她是一个吃苦耐劳、独立坚强、善良宽容、重视亲情、心中有爱的美好女子。小说的标题一朵一朵的阳光就是娘对亲情最朴实而美好的解释，表现了娘如阳光、如花儿的美好心灵。小说的主题是表现亲情的温暖和爱的力量，正是娘对丈夫错误行为的原谅，对亲情永不放弃的执著，对家庭无怨无悔的付出，才唤醒了一颗怯懦的心，慰藉了一个流浪的灵魂，娘是真、善、美的集中表现。

我知道你在城里没少受罪，可是没关系，你带上我，我可以帮你。帮你做饭，洗衣服，咱两个人，生活肯定会好得多。大虎，能和你在一起，哪怕住比狗窝还差的房子，吃比狗食还差的饭，哪怕遭城里人再多白眼，我也愿意……大虎，我一天都不想在农村呆了。每天一睁眼，干不完的农活。喂猪，放羊，拔草，浇水，打柴……大虎，城里多好啊！马路那么宽，楼房那么高，街道那么干净，就算到了晚上，外面也那么亮堂。汽车喷出的烟，真香……大虎，你爹不让我知道你的地址，信写完了，他用浆糊封好，去邮局，让邮局里的人替他写信封。你爹不想让我缠着你，你爹一心一意，想让你回来。可是大虎，听我的，千万别回来，否则，一辈子困在穷山沟，咱俩都完了。大虎，你两年多不回来，肯定在城里过得不如意，没关系，咱俩还年轻，我不怕吃苦……大虎，如果你还在乎我，就给我回封信，告知你的地址，我去找你。我一个人去找你，谁也不告诉……大虎，信是你爹让我写给你的，我向他保证，他怎么说，我怎么写，一个字都不会差。我骗了他，我没有办法……大虎，要收麦了，一天比一天热，你在外面，别太累，多喝水……大虎，你爹你娘都挺想你，我更想你……大虎，我喜欢你……

1.小说叙述了春草替牛筋老汉给儿子大虎写信一事，老汉想给儿子写什么？而春草实际上又写了什么？请分别简要概述。

2.联系上下文，细读文中两处画线句，揣摩牛筋老汉与春草的心理。

A.

B.

3.牛筋老汉说，"本来我和你娘希望你能留在城里……"，那为什么又竭力要求儿子回来？请结合文章内容分析。

4.一封信，两种想法，构思巧妙。请结合全文谈谈你对本文这一特点的理解。

参考答案

1.①牛筋老汉希望孩子放弃打工，觉得回村劳动，照样能过好日子。②春草希望大虎能长久留在城里，自己也追随他去。

2.A这句话表达了老汉面对因为后辈的外出打工，田园荒芜现状的一种痛心与

找回来，站在山腰，却看不到房子，那他心里，会有多失望呐!他会转身就走，再也不会回来吧? 娘砍掉这些树，用了整整一个春天

男人沉默良久。太阳静静地喷射着火焰，世间的一切仿佛被烤成了灰烬。似乎，有生以来，男人还是头一次如此畅快地接受这样炙热的阳光。

他低下头，问男孩儿: 我能再喝一碗水吗?

这一次，他随男孩儿进到屋里。他站在角落里，看阳光透过窗棂爬上灶台。

看到了吗? 男孩儿说，灶台上，有一朵阳光。

一朵?

是的，娘这么说的。娘说阳光都是一朵一朵的，聚到一起，抱成团儿，就连成了片，就有了春天。分开，又变成一朵一朵，就有了冬天。一朵一朵的阳光聚聚合合，就像世上的人

们，就像家。男孩儿把盛满水的碗递给男人，娘还说，爬上灶台的这朵阳光，某一天，也会照着爹的脸呢。

男人喝光第三碗水。他蹲下来，细细打量男孩儿的脸。男人终于流下一滴泪，为男孩儿，为男孩儿的母亲，也为自己。他从怀里掏出一张照片，哽咽着，塞给男孩儿。他说: 从此以后，你和你娘，再也不用担惊受怕了可是你们，至少，还得等我三年。

照片上，有年轻的男人、年轻的女人，以及年幼的男孩儿。

男人走出屋子，走进阳光之中。一朵一朵的阳光，抱成了团，连成了片，让男人无处可逃……

1.下列对这篇小说有关内容的分析和概括，最恰当的两项是

A.小说综合运用了外貌描写、神态描写、动作描写、语言描写、心理描写、细节描写等多种手法，塑造了一个被亲情感动而幡然醒悟的男子形象。

B.爬上灶台的这朵阳光，某一天，也会照着爹的脸呢这句话表达了一种思念，也传递了一种信念，娘相信丈夫终有一天会堂堂正正地回家。

C.小说情节曲折动人，人物形象丰满感人，语言清新朴实又富有诗情画意，情感自然流露而又深沉蕴藉，结局具有含泪的微笑式的艺术魅力。

D.小说中的三碗水有深刻的象征意义，清冽、甘甜的井水象征着亲情的滋润，一次次带给男子身心的舒适，消除他心内的烦躁、恐惧与孤独。

E.小说的人物对话非常重要，男人与男孩的对话将一个女人的辛苦人生和美好心灵展现出来，而环境描写的前后照应也深化了小说的主题。

男孩儿进屋。然后在门前的树墩坐下。

男孩儿端来了水。男人把一碗水一饮而尽。那是井水，清冽，甘甜，喝下去，酷热顿无。男人满足地抹抹嘴，问男孩儿：只有你一个人吗？你娘呢？

她下地了。男孩儿说，她扛了锄头，那锄头比她还高；她说阳光很毒，正好可以晒死刚刚锄下来的杂草；她得走上半个小时才能到地头，她带了满满一壶水；她天黑才能回来，回来的路上她会打满一筐猪草；她回来后还得做饭，她坐在很高的凳子上往锅里贴玉米饼，她说她太累了，站不住；吃完饭她还得喂猪，或者去园子里浇菜除了睡觉，她一点儿空闲都没有我想帮她做饭，可是我不会，我只能帮她烧火今天我生病了，我没陪她下地

你生病了吗？男人关切地问他。

早晨拉肚子。不过现在好了。男孩儿眨眨眼睛说。

你今年多大？男人问他，七岁？

你怎么知道我七岁了？男孩儿盯着男人。

男人探了探身子，他想摸摸男孩儿青色的脑壳。男孩儿机警地跳开，说：我不认识你。

你们怎么不住在村子里了？男人尴尬地笑，收回手。

本来是住在村子里的，后来我爹跑了，我们就搬到山上来娘说她在村子里抬不起头，所有人都在背后指指点点我爹和别人打架，把人打残他跑了娘说他的罪，顶多够判三年，如果他敢承担，现在早就出来了可是他跑了。他怕坐牢。他不要娘了，不要我了

男孩儿又给男人一碗水，男人再次喝得精光。燥热顿消，久违的舒适从牙齿直贯脚底。男人将空碗放树墩上，问男孩儿：你和你娘，打算就这样过下去吗？

男孩儿仰起脑袋：娘说，在这里等爹

可是他逃走了。他怕坐牢，逃走了你们还能等到他吗？

不知道。男孩儿说，我和我娘都不知道。可是娘说我们在这里等着，就有希望。如果他真的回来，如果他回来以后连家都没有了，他肯定会继续逃亡。那么，这一辈子，每一天，他都会胆战心惊

就是说你和你娘仍然在乎他？

是的。他现在不是我爹，不是娘的男人，男孩儿认真地说，可是如果他回来，我想我和我娘，都会原谅他的。

男人叹一口气，站起来，似乎要继续赶路。突然他顿住脚步，问男孩：你们为什么要砍掉门前这些树？

因为树挡住了房子。男孩说，娘说万一哪一天，你爹知道我们住在这里，突然

4

油 饼 翻 身

周海亮

每次回家，母亲都会为他烙几张油饼。烙油饼需要不停地翻动——翻一个身，轻轻拍打，再翻一个身，再轻轻拍打，油饼就松了，散了，软了，又不失劲道。油饼们不大，白里透黄，一层层紧挨着，沾了翠绿的葱花。不仅油饼，还得配一碗荠菜汤。乡野的荠菜，干净，鲜美，最适合做汤。水开了，鸡蛋搅得膨松，倒进去，勺子慢慢地转，慢慢地转，又拉细成丝，盛进碗里，蛋花且金且银，荠菜绿得如翠，再点一滴圆润如琥珀的香油，闻之即醉。

油饼配荠菜汤，小时候的最爱。现在他长大了，城市里有一份属于自己的事业，回家的次数变得极少。偶尔回家，必是事业遭遇不顺，回到家，垂头丧气，看什么都不顺眼，干什么都提不起精神。可是不管如何，母亲一定要给他烙几张油饼，烧一碗荠菜汤。油饼仍然是儿时的滋味，香，散，软，韧，仿佛那香可以渗透全身，舒筋活血，再喝口热汤，通体舒泰，心情便好了很多。

那次回家，母亲却病倒了。多年积劳成疾，母亲的病，绝非来自一朝一夕。见他回来，母亲吃力地爬起，说，给你烙几张油饼吧？他说，不用了。母亲说，知道你爱吃。他说，那也不用了，您躺下休息。他陪母亲坐了一会儿，出门，找他儿时的伙伴聊天诉苦。——他不想将他工作的难处告诉母亲，更不想让他的坏心情影响到母亲。——村子里，他只信任他那位儿时的伙伴。

傍晚回来，却见母亲已经烙好了油饼，旁边，一大碗飘着香气的荠菜鸡蛋汤。看母亲，满头是汗，气喘吁吁，一手撑着椅背，一手扶住腰，却笑着，花白的头发沾在脸颊。他有些心痛，说，妈，不是说等我回来做饭吗？母亲笑笑，说，知道你只有在工作不顺利的时候才回来。你工作不顺，妈一定得给你烙油饼啊。

为什么一定要烙油饼？

油饼翻身啊！母亲说，吃了翻身的油饼，你就会翻个身，回城，工作就会好起来了。

呵，油饼翻身。以前他听母亲这样说，以为不过是烙油饼的方法，充其量，不过是烙油饼的技巧。他真的不知道，原来，自他进城以后，每次回家，母亲给他烙的油饼里，还有着这样美好的寓意。

——所以，即使母亲拖着病体，也要为他烙"翻身"的油饼。这不是迷信，这就是——母爱吧？

可是，您怎么知道我工作不顺心？

如果你工作得顺心，又怎么有时间回来看妈呢？母亲笑着说，丝毫没有责怪他